中国文学名家精品

Liangyuchun Sanwen Jingpin

梁遇春散文精品

梁遇春 著　周丽霞 主编

北方妇女儿童出版社

图书在版编目（CIP）数据

梁遇春散文精品/梁遇春著；周丽霞主编. —长
春：北方妇女儿童出版社，2015.1（2021.3 重印）
　（中国文学名家精品）
　ISBN 978-7-5385-8159-1

　Ⅰ．①梁… Ⅱ．①梁… ②周… Ⅲ．①散文集－中国
－现代 Ⅳ．①I266

中国版本图书馆CIP数据核字（2015）第007531号

梁遇春散文精品

LIANG YU CHUN SAN WEN JING PIN

出 版 人	刘　刚	
责任编辑	王天明	
开　　本	700mm×980mm　1/16	
印　　张	9	
字　　数	148 千字	
版　　次	2015 年 5 月第 1 版	
印　　次	2021 年 3 月第 3 次印刷	
印　　刷	固安县云鼎印刷有限公司	
出　　版	北方妇女儿童出版社	
发　　行	北方妇女儿童出版社	
地　　址	长春市福祉大路 5788 号	
电　　话	总编办：0431-81629600	
定　　价	26.80 元	

前　言

　　习近平总书记在文艺座谈会上指出，繁荣文艺创作、推动文艺创新，必须要有大批德艺双馨的文艺名家。我国作家艺术家应该成为时代风气的先觉者、先行者、先倡者，要通过更多有筋骨、有道德、有温度的文艺作品，书写和记录人民的伟大实践、时代的进步要求，彰显信仰之美、崇高之美。

　　是的，当历史跨入21世纪的新时代，我们党发出了实现中国梦的伟大号召，掀起了轰轰烈烈的复兴中国文化的运动。这就要求我们站在时代的前沿，薪火相传，一脉相承，弘扬中国有史以来优秀的、光明的、先进的、科学的、文明的文化，融合古今中外一切文化精华，构建具有中国特色的现代民族文化，向世界和未来展示中华民族的文化力量、文化价值与文化风采。

　　就文学创作而言，就是广大作家要接过近现代中国文学名家传递的笔墨圣火，照亮时代的道路，创造文学的繁荣；广大读者则应吸收近现代中国文学的精神力量，认识过去的时代，投身当代的建设。总之，中国的复兴需要大家添光加彩！

　　回首上世纪初，中国掀起了伟大的反帝反封建的民族解放运动，广大作家以此为崇高历史使命，把文字作为投枪匕首，走在时代最前列，创作了大量优秀的文学作品，发出了代表时代最强音的呐喊，振聋发聩，唤醒广大人民群众，开创了新文化运动，创造了现代文学。

　　中国现代文学是指用现代文学语言与文学形式，表达中国现代思想、感情、心理的文学，是在"五四"新文化运动影响下，广泛接受外国文学影响而形成的新兴文学，产生了极大的历史推动作用。

在新文化运动推动下，广大作家汲取中外文学营养，形成了新的文学形态。他们不仅用白话语言表现现代科学民主思想，而且在艺术形式与表现手法上对传统文学进行深入革新，创建了新的文学体裁。在叙述角度、抒情方式、描写手段以及结构组成等方面，都有全新创造，极具现代特色，成为真正现代意义上的文学。

中国现代文学的主流是人民的文学，广大作家深入火热的战斗生活中，极大加强了文学与民众的结合，文学与进步的社会思潮及民族解放、革命运动的自觉联系，这构成了中国现代文学的基本历史特征与传统。此时的文学，以表现普通民众生活、改造国民性格和社会人生为根本任务。

中国现代文学早期的发展，是在广大作家吸取外来文学营养使之民族化并继承民族传统使之现代化的过程中奠定基础的。对于如何正确对待传统文化与西方外来文化的问题，他们打破了抱残守缺的国粹主义思想，进行了彻底革新，曾对西方各个历史时期的文艺思潮、文学流派，包括各种文学形式、表现手法等，进行了全面介绍与广泛吸收，同时对我国传统文学遗产也进行了重新评价。这对促进思想与艺术的解放，促进文学的现代化，起到了重要作用，从而形成了现代文学的繁荣局面，促进了广大民众的觉醒。

接过20世纪中国文学作家的思想圣火，实现新时代民族文化复兴的中国梦，这是广大作家和读者义不容辞的神圣职责。为此，我们从诗歌、散文、小说三大文学体裁着手，特别编辑了这套《中国文学名家精品》，精选了许多文学名家的精品力作，代表了中国20世纪文学的高度，具有极强的权威性、可读性和艺术性。

这些文学名家，都是中国20世纪现代文学的开拓者和各种文学形式的集大成者，他们的作品来源于他们生活的时代，是那个时代社会生活的缩影，包含了作家本人对社会、生活的体验与思考，影响着社会的发展进程，具有永恒的魅力。他们是我们心灵的工程师，能够指导我们的人生发展，对于复兴中国文化具有深远的启迪作用。

作者简介

　　梁遇春（1906—1932）别名驭聪，又名秋心，福建闽侯人。他是我国著名的散文家，其散文风格另辟蹊径，兼有中西方文化特色，被誉为"中国的伊利亚"。

　　1906年，梁遇春出生于福州城内一个知识分子家庭。1918年秋，他考入福建省立第一中学。1922年暑假，他先进入北京大学预科。后来就读北大英文系，师从叶公超、温源宁等名师。

　　1928年，梁遇春从北京大学毕业，由于他的成绩优秀，被留系里任助教。后来由于政局动荡，北京大学工作陷入停顿状态，他跟随温源宁教授到上海暨南大学任教。

　　1930年，梁遇春又与温源宁教授同返北京大学，并在北京大学图书馆负责管理北大英文系的图书，兼任助教。1932年，他因染急性猩红热，猝然去世，年仅27岁。

　　梁遇春的散文总数不过50篇，但独具一格，在现代散文史上自有其不可替代的地位，堪称一家。在他的散文中，《谈"流浪汉"》算是较长的一篇，也是人们比较偏爱的一篇。在这篇文章里，他毫不掩饰自己对流浪汉精神的赞美和向往，读来令人激动不已，而他本人的写作态度和文章风格，也正如这篇文章中所谈的流浪汉那样，无拘无束，热情随兴。

　　梁遇春在这篇散文里说："真正的流浪汉所以不会引起人们的厌恶，因为他已经做到无人无我的境地，那一刹那间的冲动是他唯一的指导，他自己爱笑，也喜欢看别人的笑容，别的他什么也不管了。"又说："流浪是指流浪的心情"。这种"无人无我"的流浪汉气质，也正是梁遇春散文的一大特点。

梁遇春的散文创作也可以说是一种率性而为的青春写作，不仅仅是写作者的年轻，更是指创作过程中特有的风格不成熟，还有思想尚且庞杂混乱的探索阶段。在他的散文中那种与生俱来的悲剧感，那种看待生命的独特视角和对宇宙万物的置疑感慨已经超出了一般的情绪宣泄。这一点从他的《人死观》《泪与笑》《破晓》《黑暗》《春雨》等文章中可以明确感知。可以说，他的幽默，正是基于一种骨子里的忧伤。

梁遇春创作的作品还有《猫狗》《第二度的青春》《观火》《又是一年春草绿》《"春朝"一刻值千金》《坟》《途中》《论知识贩卖所的伙计》《善言》《毋忘草》等。

他的译作有《小品文选》《英国诗歌选》《浮士德》《近代论坛》《幽会》《红花》《厄斯忒哀史》《情歌 英汉对照》《草原上》《老保姆的故事》《我们的乡村》《忠心的爱人》《一个自由人的信仰》等。

文学史家唐弢在《晦庵书话》里指出："我喜欢遇春的文章，认为文苑里难得有像他那样的才气，像他那样的绝顶聪明，像他那样的顾盼多姿的风格。每读《春醪集》和《泪与笑》，不免为这个死去的天才惋惜。"

台湾一位文人这样评论："作者由于年轻、涉世未深，因此生命的历练，并未达深刻沉练的地步，文章的表现也并非完美无缺。然而，我们却可以从字里行间，一窥他努力经营生命的深刻与幽默的企图。对如此天才横溢的作者的作品，我们是可以用更宽容的眼光来欣赏的。"

梁遇春的好友著名诗人冯至称赞他足以媲美我国唐代的诗鬼李贺、英国的著名诗人济慈和德国的浪漫主义诗人诺瓦利斯。

散文精品

梁遇春【目录】

梁遇春

散文精品

【第一辑】

泪与笑

匆匆过了二十多年，我自然也是常常哭，常常笑，别人的啼笑也看过无数回了。可是我生平不怕看见泪，自己的热泪也好，别人的呜咽也好，对于几种笑我却会惊心动魄，吓得连呼吸都不敢大声，这些怪异的笑声，有时还是我亲口发出的。当一位极亲密的朋友忽然说出一句冷酷无情冰一般的冷话来，而且他自己还不知道他说的会使人心寒，这时候我们只好哈哈哈莫名其妙地笑了，因为若使不笑，叫我们怎么样好呢？我们这个强笑或者是出于看到他真正的性格（他这句冷语所显露的）和我们先前所认为的他的性格的矛盾，或者是我们要勉强这么一笑来表示我们是不会给他的话所震动，我们自己另有一个超乎一切的生活，他的话是不能损坏我们于毫发的，或者……但是那时节我们只觉到不好不这么大笑一声，所以才笑，实在也没有闲暇去仔细分析自己了。当我们心里有说不出的苦痛缠着，正要向人细诉，那时我们平时尊敬的人却用个极无聊的理由（甚至于最卑鄙的）来解释我们这穿过心灵的悲哀，看到这深深一层的隔膜，我们除开无聊赖地破涕为笑，还有什么别的办法吗?有时候我们倒霉起来，整天从早到晚做的事没有一件不是失败的，到晚上疲累非常，懊恼万分，悔也不是，哭也不是，也只好咽下眼泪，空心地笑着。我们一生忙碌，把不可再得的光阴消磨在马蹄轮铁，以及无谓敷衍之间，整天打算，可是自己不晓得为啥这么费心机，为了要活着用尽苦心来延长这生命，却又不觉得活着到底有何好处，自己并没有享受生活过，总之黑漆一团活着，夜阑人静，回头一想，那能够不吃吃地笑，笑时感到无限的生的悲哀。就说我们淡于生死了，对于现世界的厌烦同人事的憎恶还会像毒蛇般蜿蜒走到面前，缠着身上，我们真可说倦于一切，可惜我们也没有爱恋上死神，觉得也不值得花那么大劲去求死，在此不生不死心境里，只见伤感重重来袭，偶然挣些力气，来叹几口气，叹完气免不了失笑，那笑是多么酸苦的。这几种笑声发自我们的口里，自己听到，心中生个不可言喻的恐怖，或者又引起另一个鬼似的狞笑。若使是由他人口里传出，只要我们探讨出它们的源泉，我们也会惺惺惜惜惺惺而心酸，同时害怕得全身打战。此外失望人的傻笑，下头人挨了骂对于主子的陪笑，趾高气扬的热官对于贫贱故交的冷笑，老处女在他人结婚席上所呈的干笑，生离永别时节的苦笑 —— 这些笑全是"自然"跟我们为难，把我们弄得没有办法，我们承认失败了的表现，是我们心灵的堡垒下面刺目的降幡。莎士比亚的妙句"对着悲哀微笑"（smiling at grief）说尽此中的苦况。拜伦在他的杰作Don Juan里有二句：

Of all tales' tis the saddest —— and more sad,
Because it makes us smile.

这两句是我愁闷无聊时所喜欢反复吟诵的，因为真能传出

"笑"的悲剧的情调。

　　泪却是肯定人生的表示。因为生活是可留恋的，过去是春天的日子，所以才有伤逝的清泪。若使生活本身就不值得我们的一顾，我们那里会有惋惜的情怀呢？当一个中年妇人死了丈夫时候，她号啕地大哭，她想到她儿子这么早失去了父亲，没有人指导，免不了伤心流泪，可是她隐隐地对于这个儿子有无穷的慈爱同希望。她的儿子又死了，她或者会一声不响地料理丧事，或者发疯狂笑起来，因为她已厌倦于人生，她微弱的心已经麻木死了。我每回看到人们的流泪，不管是失恋的刺痛，或者丧亲的悲哀，我总觉人世真是值得一活的。眼泪真是人生的甘露。当我是小孩时候，常常觉得心里有说不出的难过，故意去臆造些伤心事情，想到有味时候，有时会不觉流下泪来，那时就感到说不出的快乐。现在却再寻不到这种无根的泪痕了。那个有心人不爱看悲剧，亚里士多德所说的净化的确不错。我们精神所纠结郁积的悲痛随着台上的凄惨情节发出来，哭泣之后我们有形容不出的快感，好似精神上吸到新鲜空气一样，我们的心灵忽然间呈非常健康的状态。Gogol的著作人们都说是笑里有泪，实在正是因为后面有看不见的泪，所以他小说会那么诙谐百出，对于生活处处有回甘的快乐。中国的诗词说高兴赏心的事总不大感人，谈愁语恨却是易工，也由于那些怨词悲调的泪的结晶，有时会逗我们洒些同情的泪，所以亡国的李后主，感伤的李义山始终是我们爱读的作家。天下最爱哭的人莫过于怀春的少女同情海中翻身的青年，可是他们的生活是最有力，色彩最浓，最不虚过的生活。人到老了，生活力渐渐消磨尽了，泪泉也干了，剩下的只是无可无不可那种行将就木的心境，好像慈祥实在是生的疲劳所产生的微笑——我所怕的微笑。十八世纪初期浪漫派诗人格雷在他的On a Distant Prospect of Eton College里说：

流下也就忘记了的泪珠，

那是照耀心胸的阳光。

The tear forgot as soon as shed,

The sunshine of the breast.

　　这些热泪只有青年才会有，它是同青春的幻梦同时消灭的，泪尽了，个个人心里都像苏东坡所说的"存亡惯见浑无泪"那样的冷淡了，坟墓的影已染着我们的残年。

天真与经验

　　天真和经验好像是水火不相容的东西。我们常以为只有什么经验也没有的小孩子才会天真，他那位饱历沧桑的爸爸是得到经验，而失掉天真了。可是，天真和经验实在并没有这样子不共戴天，它们俩倒很常是聚首一堂。英国最伟大的神秘诗人勃来克著有两部诗集：《天真的歌》（Songs of Innocence）同《经验的歌》（Songs of Experience）。在《天真的歌》里，他无忧无虑地信口唱出晶莹甜蜜的诗句，他简直是天真的化身，好像不晓得世上是有龌龊的事情的。然而在《经验的歌》里，他把人情的深处用简单的辞句表现出来，真是找不出一个比他更有世故的人了，他将伦敦城里扫烟囱小孩子的穷苦，娼妓的厄运说得辛酸凄迷，可说是看尽人世间的烦恼。可是他始终仍然是那么天真，他还是常常亲眼看见天使。当他的工作没有做得满意时候，他就同他的妻子双双跪下，向上帝祈祷。他快死的前几天，那时他结婚已经有四十五年了，一天他看着他的妻子，忽然拿起铅笔叫道："别动!在我眼里你一向是一个天使；我要把你画下"，他就立刻画出她的相貌。这是多么天真的举动。尖酸刻毒的斯惠夫特写信给他那两位知心女人的时候，的确是十足的孩子气，谁去念The Journal to Stella这部书信集，也不会想到写这信的人就是Cullivers Travels的作者。斯蒂芬生在他的小品文集《贻青年少女》中（Virginibus Puerisque），说了许多世故老人的话，尤其是对于婚姻，讲有好些叫年青的爱人们听着会灰心的冷话。但是他却没有失丢了他的童心，他能够用小孩子的心情去叙述海盗的故事，他又能借小孩子的口气，著出一部《小孩的诗园》（A Child's Garden of Verses），里面充满着天真的空气，是一本儿童文学的杰作。可见确然吃了知识的果，还是可以在乐园里逍遥到老。我们大家并不是个个人都像亚当先生那么不幸。

　　也许有人会说，这班诗人们的天真是装出来的，最少总有点做作的痕迹，不能像小孩子的天真那么浑脱自然，毫无心机。但是，我觉得小孩子的天真是靠不住的，好像个很脆的东西，经不起现实的接触。并且当他们才发现出人情的险诈同世路的崎岖时候，他们会非常震惊，因此神经过敏地以为世上除开计较得失利害外是没有别的东西的，柔嫩的心或者就这么麻木下去，变成个所谓值得父兄赞美的少年老成人了。他们从前的天真是出于无知，值不得什么赞美的，更值不得我们欣羡。桌子是个一无所知的东西，它既不晓得骗人，更不会去骗人，为什么我们不去颂扬桌子的天真呢?小孩子的天真跟桌子的天真并没有多大的分别。至于那班已坠世网的人们的天真就大不同了。他们阅历尽人世间的纷扰，经过了许多得失哀乐，因为看穿了鸡虫得失的无谓，又知道在太阳底下是难逢笑口的，所以肯将一切利害的观念丢开，来任口说去，任性做去，任情去欣赏自然界的快乐。他们以为这样子痛快地活着才是值得的。他们把心机看做是无谓的虚耗，自然而然会走到忘机的境界了。他们的天真可说是被经验锻炼过了，仿佛像在八卦炉里蹲过，做成了火眼金睛的孙悟空。人世的波涛再也不能将他们的天真卷去，他们真是"世路如今已惯，此心到处悠然"，这种悠然的心境既然成为习惯，习惯又成天然，所以他们的天真也是浑脱一气，没有刀笔的痕迹的。这个建在理智上面的天真绝非无知的天真所可比拟的，从无知的天真走到这个超然物外的天真，这就全靠着个人的生活艺术了。

忽然记起我自己去年的生活了，那时我同G常作长夜之谈。有一晚电灯灭后，蜡烛上时，我们搓着睡眼，重新燃起一斗烟来，就谈着年青人所最爱谈的题目——理想的女人。我们不约而同地说道最可爱的女子是像卖解，女优，歌女等这班风尘人物里面的痴心人。她们流落半生，看透了一切世态，学会了万般敷衍的办法，跟人们好似是绝不会有情的，可是若使她们真真爱上了一个情人，她们的爱情比一般的女子是强万万倍的。她们不像没有跟男子接触过的女子那样盲目，口是心非的甜言蜜语骗不了她们，暗地皱眉的热烈接吻瞒不过她们的慧眼，她们一定要得到了个一往情深的爱人，才肯来永不移情地心心相托。她们对于爱人所以会这么苛求，全因为她们自己是恳挚万分。至于那班没有经验的女子，她们常常只听到几句无聊的卿卿我我，就以为是了不得了，她们的爱情轻易地结下，将来也就轻易地勾销，这那里可以算做生生死死的深情。不出闺门的女子只有无知，很难有颠扑不破的天真，同由世故的熔炉里铸炼出来的热情。数十年来我们把女子关在深闺里，不给她们一个得到经验的机会，既然没有经验来锻炼，她们当然不容易有个强毅的性格，我们又来怪她们的水性杨花，说了许多混话，这真是太冤枉了。我们把无知误解做天真，不晓得从经验里突围而出的天真才是可贵的，因此上造了这九洲大错，这又要怪谁呢？

没有尝过穷苦的人们是不懂得安逸的好处的，没有感到人生的寂寞的人们是不能了解爱的价值的，同样地未曾有过经验的孺子是不知道天真之可贵的。小孩子一味天真，糊糊涂涂地过日子，对于天真并未曾加以认识，所以不能做出天真的诗歌来，笨大的爸爸们尝遍了各种滋味，然后再洗涤俗虑，用锻炼过后的赤子之心来写诗歌，却做出最可喜的儿童文学，在这点上就可以看出人世的经验对于我们是最有益的东西了。老年人所以会和蔼可亲也是因为他们受过了经验的洗礼。必定要对于人世上万物万事全看淡了，然后对于一二件东西的留恋才会倍见真挚动人。宋诗里常有这种意境。欧阳永叔的"棋罢不知人换世，酒阑无奈客思家"，同苏长公的"存亡惯见浑无泪，乡井难忘尚有心"，全能够表现出这种依依的心情。虽然把人世存亡全置之度外，漠然不动于衷。但是对于客子的思家同自己的乡愁仍然是有些牵情。这种惆怅的情怀是多么清新可喜，我们读起来觉得比处处留情的才子们的滥情是高明得多，这全因为他们的情绪受过了一次蒸馏。从经验里出来的天真会那么带着诗情也是为着同样的缘故。

　　蔼里斯在他的杰作《性的心理的研究》第六卷里说道："就说我们承认看着裸体会激动了热情，这个激动还是好的，因为它引起我们的一种良好习惯，自制。为着恐怕有些东西对于我们会有引诱的能力，就赶紧跑到沙漠去住，这也可说是一种可怜的道德了。我们应当知道在文化当中故意去创造出一个沙漠来包围自己，这种举动是比别的要更坏得多了。我们无法丢掉热情，即使我们有这个决心；何尔巴哈说得好，理智是教人这样拣择正当的热情，教育是教人们怎样把正当的热情种植培养在人心里面。观看裸体有一个精神上的价值，那可以教我们学会去欣赏我们没有占有着的东西，这个教训是一切良好的社会生活的重要预备训练，小孩子应当学到看见花，而不想去采它；男人应当学到看见着一个女人的美，而不想占有她。"我们所说的天真常是躲在沙漠里，远隔人世的引诱这类的天真。经验陶冶后的天真是见花不采，看到美丽的女人，不动枕席之念的天真。

　　人世是这么百怪千奇，人命是这样他生未卜，这个千载一时的看世界机会实在不容错过，绝不可误解了天真意味，把好好的人儿囚禁起来，使他草草地过了一生，并没有尝到做人的意味，而且也不懂得天真的真意了。这种活埋的办法绝非上帝造人的本意，上帝是总有一天会跟这班刽子手算账的。我们还是别当刽子手好罢，何苦手上染着女人小孩子的血呢!

途　中

　　今天是个潇洒的秋天，飘着零雨，我坐在电车里，看到沿途店里的伙计们差不多都是懒洋洋地在那里谈天，看报，喝茶 —— 喝茶的尤其多，因为今天实在有点冷起来了。还有些只是倚着柜头，望望天色。总之纷纷扰扰的十里洋场顿然现出闲暇悠然的气概，高楼大厦的商店好像都化做三间两舍的隐庐，里面那班平常替老板挣钱，向主顾陪笑的伙计们也居然感到了生活余裕的乐处，正在拉闲扯散地过日，仿佛全是古之隐君子了。路上的行人也只是稀稀的几个，连坐在电车里面上银行去办事的洋鬼子们也燃着烟斗，无聊赖地看报上的广告，平时的燥气全消，这大概是那件雨衣的效力罢!到了北站，换上去西乡的公共汽车，雨中的秋之田野是别有一种风味的。外面的濛濛细雨是看不见的，看得见的只是车窗上不断地来临的小雨点同河面上错杂得可喜的纤纤雨脚。此外还有粉般的小雨点从破了的玻璃窗进来，栖止在我的脸上。我虽然有些寒战，但是受了雨水的洗礼，精神变成格外地清醒。已撄世网，醉生梦死久矣的我真不容易有这么清醒，这么气爽。再看外面的景色，既没有像春天那娇艳得使人们感到它的不能久留，也不像冬天那样树枯草死，好似世界是快毁灭了，却只是静默默地，一层轻轻的雨雾若隐若现地盖着，把大地美化了许多，我不禁微吟着乡前辈姜白石的诗句，真是"人生难得秋前雨"。忽然想到今天早上她皱着眉头说道："这样凄风苦雨的天气，你也得跑那么远的路程，这真可厌呀！"我暗暗地微笑。她那里晓得我正在凭窗赏玩沿途的风光呢？她或者以为我现在必定是哭丧着脸，像个到刑场的死囚，万不会想到我正流连着这叶尚未凋，草已添黄的秋景。同情是难得的，就是错误的同情也是无妨，所以我就让她老是这样可怜着我的仆仆风尘罢；并且有时我有什么逆意的事情，脸上露出不豫的颜色，可以借路中的辛苦来遮掩，免得她一再追究，最后说出真话，使她凭添了无数的愁绪。

其实我是个最喜欢在十丈红尘里奔走道路的人。我现在每天在路上的时间差不多总在两点钟以上，这是已经有好几月了，我却一点也不生厌，天天走上电车，老是好像开始蜜月旅行一样。电车上和道路上的人们彼此多半是不相识的，所以大家都不大拿出假面孔来，比不得讲堂里，宴会上，衙门里的人们那样彼此拼命地一味敷衍。公园，影戏院，游戏场，馆子里面的来客个个都是眉花眼笑的，最少也装出那么样子，墓地，法庭，医院，药店的主顾全是眉头皱了几十纹的，这两下都未免太单调了，使我们感到人世的平庸无味，车子里面和路上的人们却具有万般色相，你坐在车里，只要你睁大眼睛不停地观察了卅分钟，你差不多可以在所见的人们脸上看出人世一切的苦乐感觉同人心的种种情调。你坐在位子上默默地鉴赏，同车的客人们老实地让你从他们的形色举止上去推测他们的生平同当下的心境，外面的行人一一现你眼前，你尽可恣意瞧着，他们并不会晓得，而且他们是这么不断地接连走过，你很可以拿他们来彼此比较，这种普通人的行列的确是比什么赛会都有趣得多，路上源源不绝的行人可说是上帝设计的赛会，当然胜过了我们佳节时红红绿绿的玩意儿了。并且在路途中我们的心境是最宜于静观的，最能吸收外界的刺激的。我们通常总是有事干，正经事也好，歪事也好，我们的注意免不了特别集中在一点上，只有路途中，尤其走熟了的长路，在未到目的地以前，我们的方寸是悠然的，不专注于一物，却是无所不留神的，在匆匆忙忙的一生里，我们此时才得好好地看一看人生的真况。所以无论从那一方面说起，途中是认识人生最方便的地方。车中，船上同人行道可说是人生博览会的三张入场券，可惜许多人把它们当做废纸，空走了一生的路。我们有一句古话："读万卷书，行万里路"，所谓行万里路自然是指走遍名山大川，通都大邑，但是我觉换一个解释也是可以。一条的路你来往走了几万遍，凑成了万里这个数目，只要你真用了你的眼睛，你就可以算是懂得人生的人了。俗语说道："秀才不出门，能知天下事"，我们不幸未得入泮，只好多走些路，来见见世面罢!对于人生有了清澈的观照，世上的荣辱祸福不足以扰乱内心的恬静，我们的心灵因此可以获到永久的自由，可见个个的路都是到自由的路，并不限于罗素先生所钦定的：所怕的就是面壁参禅，目不窥路的人们，他们自甘沦落，不肯上路，的确是无法可办。读书是间接地去了解人生，走路是直接地去了解人生，一落言诠，便非真谛，所以我觉得万卷书可以搁开不念，万里路非放步走去不可。

　　了解自然，便是非走路不可。但是我觉得有意的旅行到不如通常的走路那样能与自然更见亲密。旅行的人们心中只惦着他的目的地，精神是紧张的。实在不宜于裕然地接受自然的美景。并且天下的风光是活的，并不拘拘于一谷一溪，一洞一岩，旅行的人们所看的却多半是这些名闻四海的死景，人人莫名其妙地照例赞美的胜地。旅行的人们也只得依样葫芦一番，做了万古不移的传统的奴隶。这又何苦呢?并且只有自己发现出的美景对着我们才会有贴心的亲切感觉，才会感动了整个心灵，而这些好景却大抵是得之偶然的，绝不能强求。所以有时因公外出，在火车中所瞥见的田舍风光会深印在我们的心坎里，而花了盘缠，告了病假去赏玩的名胜倒只是如烟如雾地浮动在记忆的海里。今年的春天同秋天，我都去了一趟杭州，每天不是坐在划子里听着舟子的调度，就是跑山，恭敬地聆着车夫的命令，一本薄薄的指南隐隐地含有无上的威权，等到把所谓胜景一一领略过了，重上火车，我的心好似去了重担。当我再继续过着我通常的机械生活，天天自由地东瞧西看，再也不怕受了舟子，车夫，游侣的责备，再也没有什么应该非看不可的东西，我真快乐得几乎发狂。西泠的景色自然是渐渐消失得无影无迹，可惜消失得太慢，起先还做了我几个噩梦的背境。当我梦到无私的车夫，带我走着崎岖难行的宝石山或者光滑不能驻足的往龙井的石路，不管我怎样求免，总是要迫我去看烟霞洞的烟霞同龙井的龙角。谢谢上帝，西湖已经不再浮现在我的梦中了。而我生平所最赏心的许多美景是从到西乡的公共汽车的玻璃窗得来的。我坐在车里，任它一上一下，一左一右地跳荡，看着老看不完的十八世纪长篇小说，有时闭着书随便望一望外面天气，忽然觉得青翠迎人，遍地散着香花，晴天现出不可描摹的蓝色。我顿然感到春天已到大地，这时我真是神魂飞在九霄云外了。再去细看一下，好景早已过去，剩下的是闸北污秽的街道，明天再走到原地，一切虽然仍旧，总觉得有所不足，与昨天是不同的，于是乎那天的景色永留在我的心里。甜蜜的东西看得太久了也会厌烦，真真的好景都该这样一瞬即逝，永不重来。婚姻制度的最大毛病也就是在于日夕聚首：将一切好处都因为太熟而化成坏处了。此外在热狂的夏天，风雪载途的冬季我也常常出乎意料地获到不可名言的妙境，滋润着我的心田。会心不远，真是陆放翁所谓的"何处楼台无月明"。自己培养有一个易感的心境，那么走路的确是了解自然的捷径。

"行"不单是可以使我们清澈地了解人生同自然，它自身又是带有诗意的，最浪漫不过的。雨雪霏霏，杨柳依依，这些境界只有行人才有福享受的。许多奇情逸事也都是靠着几个人的漫游而产生的。《西游记》《镜花缘》《老残游记》，Gervantes的《吉诃德先生》（Don Quixote），Swift的《海外轩渠录》（Gulliver's Travels），Bunyar的《天路历程》（Pilgrim's Progress），Cowper的《痴汉骑马歌》（John Gilpin），Dickens的Pickwick Papers，Byron 的 Childe Harold's Pilgrimage，Fielding 的 Joseph Andrews， Gogols 的Dead Souls等不可一世的杰作没有一个不是以"行"为骨子的，所说的全是途中的一切，我觉得文学的浪漫题材在爱情以外，就要数到"行"了。陆放翁是个豪爽不羁的诗人，而他最出色的杰作却是那些纪行的七言。我们随便抄下两首，来代我们说出"行"的浪漫性罢!

剑南道中遇微雨

衣上征尘杂酒痕，远游无处不销魂。此身合是诗人未，细雨骑驴入剑门。

南定楼遇急雨

行遍梁州到益州，今年又作度泸游。江山重复争供眼，风雨纵横乱入楼。人语朱离逢峒獠，棹歌欸乃下吴州。天涯住稳归心懒，登览茫然却欲愁。

因为"行"是这么会勾起含有诗意的情绪的，所以我们从"行"可以得到极愉快的精神快乐，因此"行"是解闷销愁的最好法子，将濒自杀的失恋人常常能够从漫游得到安慰，我们有时心境染了凄迷的色调，散步一下，也可以解去不少的忧愁。Howthorne同Edgar Allen Poe最爱描状一个心里感到空虚的悲哀的人不停地在城里的各条街道上回复地走了又走，以冀对于心灵的饥饿能够暂时忘却。Dostoivsky的《罪与罚》里面的Raskolinkov犯了杀人罪之后，也是无目的到处乱走，仿佛走了一下，会减轻了他心中的重压。甚至于有些人对于"行"具有绝大的趣味，把别的趣味一齐压下了，Stevenson的《流浪汉之歌》就表现出这样的一个人物，他在最后一段里说道："财富我不要，希望，爱情，知己的朋友，我也不要；我所要的只是上面的青天同脚下的道路。"

Wealth ask not,hope nor love,

Nor a friend to know me;

All ask,the heaven above

And the road belov me.

Walt Whitman也是一个歌颂行路的诗人，他的《大路之歌》真是"行"的绝妙赞美诗，我就引他开头的雄浑诗句来做这段的结束罢！

Afoot and light—hearted I take to the open road,

Healthy,free,the world before me,

The long brown path before me leading wherever I choose.

我们从摇篮到坟墓也不过是一条道路，当我们正寝以前，我们可说是老在途中。途中自然有许多的苦辛，然而四围的风光和同路的旅人都是极有趣的，值得我们跋涉这程路来细细鉴赏。除开这条悠长的道路外，我们并没有别的目的地，走完了这段征程，我们也走出了这个世界，重回到起点的地方了。科学家说我们就归于毁灭了，再也不能重走上这段路途，主张灵魂不灭的人们以为来日方长，这条路我们还能够一再重走了几千万遍。将来的事，谁去管它，也许这条路有一天也归于毁灭。我们还是今天有路今天走罢，最要紧的是不要闭着眼睛，朦朦一生，始终没有看到了世界。

十八，十一，五。

观　火

　　独自坐在火炉旁边，静静地凝视面前瞬息万变的火焰，细听炉里呼呼的声音，心中是不专注在任何事物上面的，只是痴痴地望着炉火，说是怀一种惘怅的情绪，固然可以，说是感到了所有的希望全已幻灭，因而反现出恬然自安的心境，亦无不可。但是既未曾达到身如槁木，心如死灰的地步，免不了有许多零碎的思想来往心中，那些又都是和"火"有关的，所以把它们集在"观火"这个题目底下。

　　火的确是最可爱的东西。它是单身汉的最好伴侣。寂寞的小房里面，什么东西都是这么寂静的，无生气的，现出呆板板的神气，惟一有活气的东西就是这个无聊赖地走来走去的自己。虽然是个甘于寂寞的人，可是也总觉得有点儿怪难过。这时若使有一炉活火，壁炉也好，站着有如庙里菩萨的铁炉也好，红泥小火炉也好，你就会感到宇宙并不是那么荒凉了。火焰的万千形态正好和你心中古怪的想象携手同舞，倘然你心中是枯干到生不出什么黄金幻梦，那么体态轻盈的火焰可以给你许多暗示，使你自然而然地想入非非。她好像但丁神曲里的引路神，拉着你的手，带你去进荒诞的国土。人们只怕不会做梦，光剩下一颗枯焦的心儿，一片片逐渐剥落。倘然还具有梦想的学力，不管做的是狰狞凶狠的噩梦，还是融融春光的甜梦，那么这些梦好比会化雨的云儿，迟早总能滋润你的心田。看书会使你做起梦来，听你的密友细诉衷曲也会使你做梦，晨曦，雨声，月光，舞影，鸟鸣，波纹，桨声，山色，暮霭……都能勾起你的轻梦，但是我觉得火是最易点着轻梦的东西。我只要一走到火旁，立刻感到现实世界的重压——消失，自己浸在梦的空气之中了。有许多回我拿着一本心爱的书到火旁慢读，不一会儿，把书搁在一边，却目不转睛地尽望着火。那野外觉得心爱的书还不如火这么可喜。它是一部活书。对着它真好像看着一位大作家一字字地写下他的杰作，我们站在一旁跟着读去。火是一部无始无终，百读不厌的书，你那回看到两个形状相同的火焰呢!拜伦说："看到海面不发出赞美词的人必定是个傻子。"我是个沧海曾经的人，对于海却总是漠然地，这或者是因为我会晕船的缘故罢!我总不愿自认为傻子。但是我每回看到火，心中常想唱出赞美歌来。若使我们真有个来生，那么我只愿下世能够做一个波斯人，他们是真真的智者，他们晓得拜火。

记得希腊有一位哲学家 —— 大概是Zeno罢 —— 跳到火山的口里去，这种死法真是痛快，在希腊神话里，火神（Hephaestus or Vulcan）是个跛子，他又是一个大艺术家。天上的宫殿同盔甲都是他一手包办的。当我靠在炉旁时候，我常常期望有一个黑脸的跛子从烟里冲出，而且我相信这位艺术家是没有留了长头发同打一个大领结的。

在"现代丛书"（Modern Library）的广告里，我常碰到一个很奇妙的书名，那是唐南遮（D'annvnzio）的长篇小说《生命的火焰》（The Flane of Life）。唐南遮的著作我一字都未曾读过，这本书也是从来没有看过的，可是我极喜欢这个书名，《生命的火焰》这个名字是多么含有诗意，真是简洁地说出人生的真相。生命的确是像一朵火焰来去无踪，无时不是动着，忽然扬焰高飞，忽然消沉将熄，最后烟消火灭，留下一点残灰，这一朵火焰就再也燃不起来了。我们的生活也该像火焰这样无拘无束，顺着自己的意志狂奔，才会有生气，有趣味。我们的精神真该如火焰一般地飘忽莫定，只受里面的热力的指挥，冲倒习俗，成见，道德种种的藩篱，一直恣意干去，任情飞舞，才会迸出火花，幻出五色的美焰。否则阴沉沉地，若存若亡地草草一世，也辜负了创世主叫我们投生的一番好意了。我们生活内一切值得宝贵的东西又都可以用火来打比。热情如沸的恋爱，创造艺术的灵悟，虔诚的信仰，求知的欲望，都可以拿火来做象征。Heraclitus真是绝顶聪明的哲学家，他主张火是宇宙万物之源。难怪得二千多年后的柏格森诸人对着他仍然是推崇备至。火是这么可以做人生的象征的，所以许多民间的传说都把人的灵魂当做一团火。爱尔兰人相信一个妇人若使梦见一点火落在她口里或者怀中，那么她一定会怀孕，因为这是小孩的灵魂。希腊神话里，Prometheus做好了人后，亲身到天上去偷些火下来，也是这种的意思。有些诗人心中有满腔的热情，灵魂之火太大了，倒把他自己燃烧成灰烬，短命的济慈就是一个好例子。可惜我们心里的火都太小了，有时甚至于使我们心灵感到寒战，怎么好呢？

我家乡有一句土谚："火烧屋好看，难为东家。"火烧屋的确是天下一个奇观。无数的火舌越梁穿瓦，沿窗冲天地飞翔，弄得满天通红了，仿佛地球被掷到熔炉里去了，所以没有人看了心中不会起种奇特的感觉，据说尼罗王因为要看大火，故意把一个大城全烧了，他可说是知道享福的人，比我们那班做酒池肉林的暴君高明得多。我每次听到美国那里的大森林着火了，燃烧得一两个月，我就怨自己命坏，没有在哥伦比亚大学当学生。不然一定要告个病假，去观光一下。

许多人没有烟瘾，抽了烟也不觉得什么特别的舒服，却很喜欢抽烟，违了父母兄弟的劝告，常常抽烟，就是身上只剩一角小洋了，还要拿去买一盒烟抽，他们大概也是因为爱同火接近的缘故罢！最少，我自己是这样的。所以我爱抽烟斗，因为一斗的火是比纸烟头一点儿的火有味得多。有时没有钱买烟，那么拿一匣的洋火，一根根擦燃，也很可以解这火瘾。

离开北方已经快两年了，在南边虽然冬天里也生起火来，但是不像北方那样一冬没有熄过地烧着，所以我现在同火也没有像在北方时那么亲热了。回想到从前在北平时一块儿烤火的几位朋友，不免引起惆怅的心情，这篇文字就算做寄给他们的一封信罢！

十九年元旦试笔

破　晓

今天破晓酒醒时候，我忽然忆起前晚上他向我提过"空持罗带，回首恨依依"这两句词。仿佛前宵酒后曾有许多感触。宿酒尚未全醒的我，就闭着眼睛暗暗地追踪那时思想的痕迹。底下所写下来的就是还逗留在心中的一些零碎。也许有人会拿心理分析的眼光含讥地来解剖这些杂感，认为是变态的，甚至于低能的，心理的表现；可是我总是十分喜欢它们。因为我爱自己醒时流泪醉时歌这两种情怀凑合成的东西。而且以善于写信给学生家长，而荣膺大学校长的许多美国大学校长，和单知道立身处世，势利是图的佛兰克林式的人物，虽然都是神经健全，最合于常态心理的人们，却难免得使甘于堕落的有志之士恶心。

"空持罗带，回首恨依依"，这真是我们这一班人天天尝着的滋味。无数黄金的希望失掉了，只剩下希望的影子，做此刻惆怅的资料，此刻又弄出许多幻梦，几乎是明知道不能实现的幻梦，那又是将来回首时许多感慨之所系。于是乎，天天在心里建起七宝楼台，天天又看到前天架起的灿烂的建筑物消失在云雾里，化作命运的狞笑，仿佛亚俪丝异乡游记里所说的空中里一个猫的笑脸。可是我们心里又晓得命是自己，某一位文豪早已说过，"性格是命运"了!不管我们怎样似乎坦白地向朋友们，向自己痛骂自己的无能和懦弱，可是对于这个几十年来寸步不离，形影相依的自己怎能说没有怜惜，所以只好抓着空气，捏成一个莫名其妙的命运，把天下地上的一切可杀不可留的事情全归诿在他（照希腊神话说，应当称为她们）的身上，自己清风朗月般在旁学泼妇的骂街。屠格涅夫在他的某一篇小说里不是说过：Destiny makes everyman,and everyman makes his own destiny（命运定了一切人，然而一切人能够定他自己的命运）。

屠格涅夫，这位旅居巴黎，后来害了谁也不知道的病死去的老文人，从前我对他很赞美，后来却有些失恋了。他是一个意志薄弱的人，他最爱用微酸的笔调来描绘意志薄弱的人，我却也是个意志薄弱的人，也常在玩弄或者吐唾自己这种心性，所以我对于他的小说深有同感，然而太相近了，书上的字，自己心里的意思，颠来倒去无非意志薄弱这个概念，也未免太单调，所以我已经和他久违了。他在年青时候曾跟一个农奴的女儿发生一段爱情，好像还产有一位千金，后来却各自西东了，他小说里也常写这一类飞鸿踏雪泥式的恋爱，我不幸得很或者幸得很却未曾有过这么一回事，所以有时倒觉得这个题材很可喜，这也是我近来又翻翻几本破旧尘封的他的小说集的动机。这几天偷闲读屠格涅夫，无意中却有个大发现，我对于他的敬慕也重新燃起来了。屠格涅夫所深恶的人是那班成功的人，他觉得他们都是很无味的庸人，而那班从娘胎里带来一种一事无成的性格的人们却多少总带些诗的情调。他在小说里凡是说到得意的人们时，常现出藐视的微笑和嘲侃的口吻。这真是他独到的地方，他用歌颂英雄的心情来歌颂弱者，使弱者变为他书里唯一的英雄，我觉得他这种态度是比单描写弱者性格，和同情于弱者的作家是更别致，更有趣得多。实在说起来，值得我们可怜的绝不是一败涂地的，却是事事马到功成的所谓幸运人们。

人们做事情怎么会成功呢？他必定先要暂时跟人世间一切别的事情绝缘，专心致志去干目前的勾当。那么，他进行得愈顺利，他对于其他十奇百怪的东西越离得远，渐渐对于这许多有意思的玩意儿感觉迟钝了，最后逃不了个完全麻木。若使当他干事情时，他还是那样子处处关心，事事牵情，一曝十寒地做去，他当然不能够有什么大成就，可是他保存了他的趣味，他没有变成个只能对于一个刺激生出反应的残缺的人。有一位批评家说第一流诗人是不做诗的，这是极有道理的话。他们从一切目前的东西和心里的想象得到无限诗料，自己完全浸在诗的空气里，鉴赏之不暇，那里还有找韵脚和配轻重音的时间呢？人们在刺心的悲哀里时是不会做悲歌的，Tennyson的In Me morian是在他朋友死后三年才动笔的。一生都沉醉于诗情中的绝代诗人自然不能写出一句的诗来。感觉钝迟是成功的代价，许多扬名显亲的大人物所以常是体广身胖，头肥脑满，也是出于心灵的空虚，无忧无虑麻木地过日子。归根说起来，他们就是那么一堆肉而已。

人们对于自己的功绩常是带上一重放大镜。他不单是只看到这个东西，瞧不见春天的花草和街上的美女，他简直是攒到他的对象里面去了。也可说他太走近他的对象，冷不防地给他的对象一口吞下。近代人是成功的科学家，可是我们此刻个个都做了机械的奴隶，这件事聪明的Samuel Butler六十年前已经屈指算出，在他的杰作虚无乡（Erewhon）里慨然言之矣。崇拜偶像的上古人自己做出偶像来跟自己找麻烦，我们这班聪明的，知道科学的人们都觉得那班老实人真可笑，然而我们费尽心机发明出机械，此刻它们反脸无情，踏着铁轮来蹂躏我们了。后之视今，犹今之视昔，真不知道将来的人们对于我们的机械会作何感想，这是假设机械没有将人类弄得覆灭，人生这幕喜剧的悲剧还继续演着的话。总之，人生是多方面的，成功的人将自己的十分之九杀死，为的是要让那一方面尽量发展，结果是尾大不掉，虽生犹死，失掉了人性，变做世上一两件极微小的事物的祭品了。

世界里什么事一达到圆满的地位就是死刑的宣告。人们一切的痴望也是如此，心愿当真实现时一定不如蕴在心头时那么可喜。一件美的东西的告成就是一个幻觉的破灭，一场好梦的勾销。若使我们在世上无往而不如意，恐怕我们会烦闷得自杀了。逍遥自在的神仙的确是比监狱中终身监禁的犯人还苦得多。闭在黑暗房里的囚犯还能做些梦道遣，神仙们什么事一想立刻就成功，简直没有做梦的可能了。所以失败是幻梦的保守者，惆怅是梦的结晶，是最愉快的，洒下甘露的情绪。我们做人无非为着多做些依依的心怀，才能逃开现实的压迫，剩些青春的想头，来滋润这将干枯的心灵。成功的人们劳碌一生最后的收获是一个空虚，一种极无聊赖的感觉，厌倦于一切的胸怀，在这本无目的的人生里，若使我们一定要找一个目的来磨折自己，那么最好的目的是制做"空持罗带，回首恨依依"的心境。

救火队

三年前一个夏天的晚上，我正坐在院子里乘凉，忽然听到接连不断的警钟声音，跟着响三下警炮，我们都知道城里什么地方的屋子又着火了。我的父亲跑到街上去打听，我也奔出去瞧热闹。远远来了一阵嘈杂的呼喊，不久就有四五个赤膊工人个个手里提一只灯笼，拼命喊道，"救"，"救"，……从我们面前飞也似的过去，后面有六七个工人拖一辆很大的铁水龙同样快地跑着，当然也是赤膊的。他们只在腰间系一条短裤，此外棕黑色的皮肤下面处处有蓝色的浮筋跳动着，他们小腿的肉的颤动和灯笼里闪烁欲灭的烛光有一种极相协的和谐，他们的足掌打起无数的尘土，可是他们越跑越带劲，好像他们每回举步时，从脚下的"地"都得到一些新力量。水龙隆隆的声音杂着他们尽情的呐喊，他们在满面汗珠之下现出同情和快乐的脸色。那一架庞大的铁水龙我从前在救火会曾经看见过，总以为最少也要十七八个人用两根杠子才抬得走，万想不到六七个人居然能够牵着它飞奔。他们只顾到口里喊"救"，那么不在乎地拖着这笨重的家伙望前直奔，他们的脚步和水龙的轮子那么一致飞动，真好像铁面无情的水龙也被他们的狂热所传染，自己用力跟着跑了。一霎眼他们都过去了，一会儿只剩些隐约的喊声。我的心却充满了惊异，愁闷的心境顿然化为晴朗，真可说拨云雾而见天日了。那时的情景就不灭地印在我的心中。

从那时起，我这三年来老抱一种自己知道绝不会实现的宏愿，我想当一个救火夫。他们真是世上最快乐的人们，当他们心中只惦着赶快去救人这个念头，其他万虑皆空，一面善用他们活泼泼的躯干，跑过十里长街，像救自己的妻子一样去救素来不识面的人们，他们的生命是多么有目的，多么矫健生姿。我相信生命是一块顽铁，除非在同情的熔炉里烧得通红的，用人间世的灾难做锤子来使他迸出火花来，他总是那么冷冰冰，死沉沉地，惘怅地徘徊于人生路上的我们天天都是在极剧烈的麻木里过去 —— 一种甚至于不能得自己同情的苦痛。可是我们的迟疑不前成了天性，几乎将我们活动的能力一笔勾销，我们的惯性把我们弄成残废的人们了。不敢上人生的舞场和同伴们狂欢地跳舞，却躲在帘子后面呜咽，这正是我们这般弱者的态度。在席卷一切的大火中奔走，在快陷下的屋梁上攀缘，不顾死生，争为先登的救火夫们安得不打动我们的心弦。他们具有坚定不拔的目的，他们一心一意想营救难中的人们，凡是难中人们的命运他们都视如自己地亲切地感到，他们尝到无数人心中的哀乐，那般人们的生命同他们的生命息息相关，他们忘记了自己，将一切火热里的人们都算做他们自己，凡是带有人的脸孔全可以算做他们自己，这样子他们生活的内容丰富到极点，又非常澄净清明，他们才是真真活着的人们。

他们无条件地同一切人们联合起来，为着人类，向残酷的自然反抗。这虽然是个个人应当做的事，并没有什么了不得，然而一看到普通人们那样子任自然力蹂躏同类，甚至于认贼作父，利用自然力来残杀人类，我们就不能不觉得那是一种义举了。他们以微小之躯，为着爱的力量的缘故，胆敢和自然中最可畏的东西肉搏，站在最前面的战线，这时候我们看见宇宙里最悲壮雄伟的戏剧在我们面前开演了：人和自然的斗争，也就是希腊史诗所歌咏的人神之争（因为在希腊神话里，神都是自然的化身）。我每次走过上海静安寺路救火会门口，看见门上刻有We Fight Fire三字，我总觉得凛然起敬。我爱狂风暴浪中把着舵神色不变的舟子，我对于始终住在霍乱流行极盛的城里，履行他的职务的约翰·勃朗医生（Dr. John Brown）怀一种虔敬的心情（虽然他那和蔼可亲的散文使我觉得他是个脾气最好的人），然而专以杀以微弱的人类为务的英雄却勾不起我丝毫的欣羡，有时简直还有些鄙视。发现细菌的巴斯德（Pasteur），发明矿中安全灯的某一位科学家（他的名字我不幸忘记了），以及许多为人类服务的人们，像林肯，威尔逊之流，他们现在天天受我们的讴歌，实际上他们和救火夫具有同样的精神，也可说救火夫和他们是同样地伟大，最少在动机方面是一样的，然而我却很少听到人们赞美救火夫，可是救火夫并不是一眼瞧着受难的人类，一眼顾到自己身前身后的那般伟人，所以他们虽然没有人们献上甜蜜蜜的媚辞，却很泰然地干他们冒火打救的伟业，这也正是他们的胜过大人物们的地方。

有一位愤世的朋友每次听到我赞美救火夫时，总是怒气汹汹的说道，这个胡涂的世界早就该烧个干干净净，山穷水尽，现在偶然天公做美，放下一些火来，再用些风来助火势，想在这片龌龊的地上锄出一小块洁白的土来。偏有那不知趣的，好事的救火夫焦头烂额地来浇下冷水，这真未免于太杀风景了，而且人们的悲哀已经是达到饱和度了，烧了屋子和救了屋子对于人们实在并没有多大关系，这是指那般有知觉的人而说。至于那般天赋与铜心铁肝，毫不知苦痛是何滋味的人们，他们既然麻木了，多烧几间房子又何妨呢！总之，天下本无事，庸人自扰之，足下的歌功颂德更是庸人之尤所干的事情了。这真是"人生一世浪自苦，盛衰桃杏开落闲。"我这位朋友是最富于同情心的人，但是顶喜欢说冷酷的话，这里面恐怕要用些心理分析的功夫罢！然而，不管我们对于个个的人有多少的厌恶，人类全体合起来总是我们爱恋的对象。这是当代一位没有忘却现实的哲学家（Gcorge Santayana）讲的话。这话是极有道理的，人们受了遗传和环境的影响，染上了许多坏习气，所以个个人都具些讨厌的性质，但是当我们抽象地想到人类的，我们忘记了各人特有的弱点，只注目在人们真美善的地方，想用最完美的法子使人性向着健全壮丽的方面发展，于是彩虹般的好梦现在当前，我们怎能不爱人类哩！英国十九世纪末叶诗人Frederich Locekr-Lampson在他的自传（My Confidences）说道："一个思想灵活的人最善于发现他身边的人们的潜伏的良好气质，他是更容易感到满足的，想象力不发达的人们是最快就觉得旁人的可厌，的确是最喜欢埋怨他们朋友的知识上同别方面的短处。"总之，当救火夫在烟雾里冲锋突围的时候，他们只晓得天下有应当受他们的援救的人类，绝没有想到着火的屋里住有个杀千刀，杀万刀的该死狗才。天下最大的快乐无过于无顾忌地尽量使用己身隐藏的力量，这个意思亚里士多德在二千年前已经娓娓长谈过了。救火夫一时激于舍身救人的意气，举重若轻地拖着水龙疾驰，履险若夷地攀登危楼，他们忘记了困难危险，因此危险困难就失丢了它们一大半的力量，也不能同他们捣乱了。他们慈爱的精神同活泼的肉体真得到尽量的发展，他们奔走于惨淡的大街时，他们脚下踏的是天堂的乐土，难怪他们能够越跑越有力，能够使旁观的我得到一付清心剂。就说他们所救的人们是不值得救的，他们这派的气概总是可敬佩的。天下有无数女人捧着极纯净的爱情，送给极卑鄙的男子，可是那雪白的热情不会沾了尘污，永远是我们所欣羡不置的。

救火夫不单是从他们这神圣的工作得到无限的快乐，他们从同拖水龙，同提灯笼的伴侣又获到强度的喜悦。他们那时把肯牺牲自己，去营救别人的人们都认为比兄弟还要亲密的同志。不管村俏老少，无论贤愚智不肖，凡是努力于扑灭烈火的人们，他们都看做生平的知己，因为是他们最得意事的伙计们。他们有时在火场上初次相见，就可以相视而笑，莫逆于心，"乐莫乐兮新相知"，他们的生活是多有趣呀！个个人雪亮的心儿在这一场野火里互相认识，这是多么值得干的事情。懦怯无能的我在高楼上玩物丧志地读着无谓的书的时候，偶然听到警钟，望见远处一片漫天的火光，我是多么神往于随着火舌狂跳的壮士，回看自己枯瘦的影子，我是多么心痛，痛惜我虚度了青春同壮年。

但是若使我们睁开眼睛，举目四望，我们将看到世界上——最少中国里面——无处无时不是有火灾，我们在街上碰到的人十分之九是住在着火的屋子的人们。被军队拉去运东西的夫役，在工厂里从清早劳动到晚上的童工，许多失业者，为要按下饥肠，就拿刀子去抢劫，最后在天桥上一命呜呼的匪犯，或者所谓无笔可投而从戎，在寒风里抖战着，自己不知道什么时候会变做旷野里的尸首的兵士，此外踯躅街头，忍受人们的侮辱，拿着洁净的肉体去换钱的可尊敬的女性：妇妓，码头上背上负了几百斤的东西（那里面都是他们的同胞的日用必需奢侈品）咬定牙根，迈步向前的脚夫，机器间里，被煤气熏得吐不出气，天天显明地看自己向死的路上走去，但是为着担心失业的苦痛，又不敢改业，宁可被这一架机器折磨死的工人，瘦骨不盈一把，拖着身体强壮，不高兴走路的大人的十三四岁车夫，报上天天记载的那类"两个铜片，牺牲了一条生命"，这类闲人认为好玩事情的凄惨背境，黄浦滩头，从容就义的无数为生计所追而自杀的人们的绝命书……总之，他们都是无时无刻不在烈火里活着，对于他们地球真是一个大炮烙柱子，他们个个都正晕倒在烟雾中，等着火舌来把他们烧成焦骨。可是我们却见死不救，还望青天歌咏我们从来没有见过的夜莺，若使我的朋友的房子着火了，我们一定去帮忙，做个当然的救火夫，现在全地面到处部是熊熊的火焰，我们都觉闲暇得打出数不尽的呵欠来，可见天下人都是明可察秋毫，而不能见泰山，否则世界也不至于糟糕得如是之甚了。

我们都是上帝所派定的救火夫，因为凡是生到人世来都具有救人的责任，我们现在时时刻刻听着不断的警钟，有时还看见人们呐喊着望前奔，然而我们有的正忙于挣钱积钱，想做面团团，心硬硬，人蠢蠢的富家翁，有的正阴谋权位，有的正搂着女人欢娱，有的正缘着河岸，自鸣清高地在那儿伤春悲秋，都是失职的救火夫。有些神经灵敏的人听到警钟，也都还觉得难过，可是又顾惜着自己的皮肤，只好拿些棉花塞在耳里，闭起门来，过象牙塔里的生活。若使我们城里的救火夫这样懒惰，拿公事来做儿戏，那么我们会多么愤激地辱骂他们，可是我们这个大规模的失职却几乎变成当然的事情了。天下事总是如是莫测其高深的，宇宙总是这么颠倒地安排着，难怪有人喊起"打倒这胡涂世界"的口号。

有些人的确是去救火了，但是他们只始一架小水龙，站在远处，射出微弱的水线。他们总算是到场，也可以欺人自欺地说已尽职了，但是若使天下的救火夫都这么文绉绉地，无精打采地做他们的工作，那么恐怕世界的火灾水不会扑灭，一代一代的人们水远是涅没在这火坑里，人类始终没有抬头的日子了。真真的救火夫应当冲到火焰里，爬上壁立的绳梯，打破窗户进去，差不多是拿自己的命来换别人的生命，一面踏着危梁，牵着屋角，勇敢地拆散将着火的屋子，甚至就是自己被压死也是无妨。要这样子才能济事。救火的场中并不是卖弄斯文的地点，在那里所宝贵的是胆量和筋肉，微温的同情是用不着的，好意的了解是不感谢的，果然真是热肠的男儿，那么就来招着水龙，往火旺处冲进去罢。个个救火夫都该抱个我不先入地狱，进入地狱的精神，相信有一人不得救，我即不能升天的道理，那么深夜里，狂风怒号，火光照人须眉的时候，正是他们献身的时节。袖子拿出隔江观火的态度是最卑污不过的弱者。

有人说，人生乐事正多，野外有恬静清幽，含有无限奥妙的自然，值得我们欣赏，城市里有千奇百怪，趣味无穷的世态，可以供我们玩味，我们在世之日无多，匆匆地就结束了，何不把这些须绝难再得的时光用来享乐自己呢?他们以为我们该做个世态的旁观者，冷笑地在旁看人生这套杂剧不断地排演着，在一旁喝些汽水，抽着纸烟闲谈。不错，世界是个大舞台，人生也的确是一出很妙的杂剧，但是不幸得很，我们不能离开这世界，我们是始终滞在舞台上面的，这出剧的观众是上市，是神们，或者魔鬼们，绝不是我们自己。站在戏台上不扮个脚色，老是这般痴痴地望着，也未免难为情吧，并且我们的一举一动总不能脱离人生，我们虽然自命为旁观者，我们还是时时刻刻都在这里面打滚，人间世的喜怒哀乐还是跟我们寸步不离，那么故意装做超然的旁观态度，真是个十足的虚伪者。天下最显明地自表是个旁观者，同最讨厌的人无过于做旁观报的Addison(爱迪生，英国作家)了，但是我想当他同极可敬爱的Steele(斯蒂尔，英国作家)吵架的时候，他恐怕也免不了脱下观客的面孔，份个愚蠢的人生里一个愚蠢的满腔愤恨的脚色了。我们除开死之外，永远没有法子能离开人生，站在一旁，又何苦弄出这一大串自欺欺人的话呢!并且有许多最俗不过的人们，为着要避免世上种种有损于己的责任，为着要更专心地去追求一己的名利，就拿出世态旁观者这副招牌，挡住了一切于己无益的义务，暗地里干他们自己的事情，这种人是卑鄙得不配污我的笔墨，用不着谈的。现在全世界处处都有火灾，整座舞台都着火了，我们还有闲情去与自然同化，讥讽人生吗?救火夫听到警钟不去拖水龙，却坐在家里钓鱼，跟老婆话家常，这种人恐怕是绝顶聪明的人罢?然而这正是前面所说的及时行乐的人们。当我们提着灯龙，奔过大路的时候，路旁的美丽姑娘同临风招展的花草是无心观看的，虽然她们本身是极值得赞美的。至于只知道哼着颠三倒四的文句，歌颂那大家都无缘识面的夜莺的中国新文人，我除开希望北平的刮风把他们吹到月球上面去以外，没有第二个意思。

当我们住的屋子烧着的时候，常有穷人们来乘火订劫，这样幸灾乐祸的办法真是可恨极了。然而我们一想许多人天天在火坑里过活，他们不能得到他们应得的报酬，我们坐着说风凉话的先生们却拿着他们所应得的东西来过舒服的生活；他们饿死了，那全因为我们可以多吃一次燕窝，使我们肚子胀得难受，可以多喝一杯白兰地，使我们的头更痛得厉害，于斯而已矣。所以睁大眼睛看起来，我们天天都是靠着乘火打劫过活，这真是大盗不动干戈。我们乘火打劫来的东西有时偶然被人们乘火汀劫去，我们就不胜其愤慨，说要按法严办，这的确太缺乏恢谐的风趣了。应当做救火夫的我们偏要干乘火打劫的勾当，人性已朽烂到这样地步，我想彗星和地球接吻的时候真该到了。

猫　狗

　　惭愧得很，我不单是怕狗，而且怕猫，其实我对于六合之内一切的动物都有些害怕。

　　怕狗，这个情绪是许多人所能了解的，生出同情的。我的怕狗几乎可说是出自天性。记得从前到初等小学上课时候，就常因为恶狗当道，立刻退却，兜个大圈子，走了许多平时不敢走的僻路，结果是迟到同半天的心跳。十几年来踽踽地蹒跚于这荒凉的世界上。童心差不多完全消失了，而怕狗的心情仍然如旧，这不知道是不是可庆的事。

　　怕狗，当然是怕它咬，尤其怕被疯狗咬。但是既会无端地咬起人来，那条狗当然是疯的。猛狗是可怕的，然而听说疯狗常常现出驯良的神气，尾巴低垂，夹在两腿之间。并且狗是随时可以疯起来的。所以天下的狗都是可怕的。若使一个人给疯狗咬了，据说过几天他肚子里会发出怪声，好像有小疯狗在里叫着。这真是惊心动魄极了，最少对于神经衰弱的我是够恐怖了。

我虽然怕它，却万分鄙视它，厌恶它。缠着姨太太脚后跟的哈巴狗是用不着提防的。就说那驰骋森林中的猎狗和守夜拒贼的看门狗罢! 见着生客就狺狺着声势逼人，看到主子立刻伏帖帖地低首求欢，甚至于把前面两脚拱起来，别的禽兽绝没有像它这么奴性十足，总脱不了"走狗"的气味。西洋人爱狗已经是不对了，他们还有一句俗语"若使你爱我，请也爱我的狗罢"，（Love me ,Love my dog.）这真是岂有此理。人没有权利叫朋友这么滥情。不过西洋人里面也有一两人很聪明的。歌德在《浮士德》里说那个可怕的Mephistopheles第一次走进浮士德的书房，是化为一条狗。因此我加倍爱念那部诗剧。

可是拿狗来比猫，可又变成个不大可怕的东西了。狗只能咬你的身体，猫却会蚕食你的灵魂，这当然是迷信，但是也很有来由。我第一次怕起猫来是念了爱伦坡的短篇小说《黑猫》。里面叙述一个人打死一只黑猫，此后遇了许多不幸事情，而他每次在不幸事情发生的地点都看到那只猫的幻形，狞笑着。后来有一时期我喜欢念外国鬼怪故事，知道了女巫都是会变猫的，当赴撒旦狂舞会时候，个个女巫用一种油涂在身上，念念有词，就化成一只猫从屋顶飞跳去了。中国人所谓狐狸猫，也是同样变幻多端，善迷人心灵的畜生，你看，猫的脚踏地无声，猫的眼睛总是似有意识的，它永远是那么偷偷地潜行，行到你身旁，行到你心里。《亚俪斯游记》里不是说有一只猫现形于空中，微笑着。一会儿猫的面部不见了，光剩一个笑脸在空中。这真能道出猫的神情，它始终这么神秘，这么阴谋着，这么留一个抓不到的影子在人们心里。欧洲人相信一只猫有十条命，仿佛中国也有同样的话，这也可以证明它的精神的深刻矫健了。我每次看见猫，总怕它会发出一种魔力，把我的心染上一层颜色，留个永不会退去的痕迹。碰到狗，我们一躲避开，什么事都没有了，遇见猫却不能这么容易预防。它根本不伤害你的身体，却要占住你的灵魂，使你失丢了人性，变成一个莫名其妙的东西，这些事情真是可怕得使我不敢去设想，每想起来总会打寒噤。

上海是一条狗，当你站在黄浦滩闭目一想，你也许会觉得横在面前是一条恶狗。狗可以代表现实的黑暗，在上海这现实的黑暗使你步步惊心，真仿佛一条疯狗跟在背后一样。北平却是一只猫。它代表灵魂的堕落。北平这地方有一种霉气，使人们百事废弛，最好什么也不想，也不干了，只是这么蹲着痴痴地过日子。真是一只大猫将个个人的灵魂都打上黑印，万劫不复了。

若使我们睁大眼睛，我们可以看出世界是给猫狗平分了。现实的黑暗和灵魂的堕落霸占了一切。我愿意这片大地是个绝无人烟的荒凉世界，我又愿意我从来就未曾来到世界过。这当然只是个黄金的幻梦。

苦 笑

你走了，我却没有送你。我那天不是对你说过，我不去送你吗。送你只添了你的伤心，我的伤心，不送也许倒可以使你在匆忙之中暂时遗忘了你所永不能遗忘的我，也可以使我存了一点儿濒于绝望的希望，那时你也许还没有离开这古城。我现在一走出家门，就尽我的眼力望着来往街上远远近近的女子，看一看里面有没有你。在我的眼里天下女子可分两大类，一是"你"，一是"非你"，一切的女子，不管村俏老少，对于我都失掉了意义，她们唯一的特征就在于"不是你"这一点，此外我看不出她们有什么分别。在Fichte的哲学里世界分做Ego和non-ego两部分，在我的宇宙里，只有you Non-you两部分。我憎恶一切人，我憎恶自己，因为这一切都不是你，都是我所不愿碰到的，所以我虽然睁着眼睛，我却是个盲人，我什么也不能看见，因为凡是"不是你"的东西都是我所不肯瞧的。

我现在极喜欢在街上流荡，因为心里老想着也许会遇到你的影子，我现在觉得再有一瞥，我就可以在回忆里度过一生了。在我最后见到你以前，我已经觉得一瞥就可以做成我的永生了，但是见了你之后，我仍然觉得还差了一瞥，仍然深信再一瞥就够了。你总是这么可爱，这么像孙悟空用绳子拿着银角大王的心肝一样，抓着我的心儿，我对于你只有无穷的刻刻的愿望，我早已失掉我的理性了。

你走之后，我变得和气得多了，我对于生人老是这么嘻嘻哈哈敷衍着，对于知己的朋友老是这么露骨地乱谈着，我的心已经随着你的衣缘飘到南方去了，剩下来的空壳怎么会不空心地笑着呢?然而，狂笑乱谈后心灵的沉寂，随和凑趣后的凄凉，这只有你知道呀!我深信你是饱尝过人世间苦辛的人，你已具有看透人生的眼力了。所以你对于人生取这么通俗的态度，这么用客套来敷衍我。你是深于忧患的，你知道客套是一切灵魂相接触的缓冲地，所以你拿这许多客套来应酬我，希冀我能够因此忘记我的悲哀，和我们以前的种种。你的装做无情正是你的多情，你的冷酷正是你的仁爱，你真是客套得使我太感到你的热情了。

今晚我醉了，醉得几乎不知道我自己的姓名。但是一杯一杯的酒使我从不大和我相干的事情里逃出，使我认识了有许多东西实在不是属于我的。比如我的衣服，那是如是容易破烂的，比如我的脸孔，那是如是容易变得更清瘦，换一个样子，但是在每杯斟到杯缘的酒杯底我一再见到你的笑容，你的苦笑，那好像一个人站在悬岩边际，将跳下前一刹那的微笑。一杯一杯干下去沉到我心里。我也现出苦笑的脸孔了，也参到你的人生妙诀了。做人就是这样子苦笑地站着，随着地球向太空无目的地狂奔，此外并无别的意义。你从生活里得到这么一个教训，你还它以暗淡的冷笑，我现在也是这样了。

你的心死了，死得跟通常所谓成功的人的心一样地麻木，我的心也死了，死得恍惚世界已返于原始的黑暗了。两个死的心再连在一起有什么意义呢?苦痛使我们灰心，把我们的心化做再燃不着的灰烬，这真是"哀莫大于心死"。所以我们是已经失掉了生的意志和爱的能力了，"希望"早葬在坟墓之中了，就说将来会实现也不过是僵尸而已矣。

年纪总算青青，就这么万劫不复地结束，彼此也难免觉得惆怅罢!这么人不知鬼不觉地从生命的行列退出，当个若有若无的人，脸上还涌着红潮的你怎能甘心呢?因此你有时还发出挣扎着的呻吟，那是已堕陷阱的走兽最后的呼声。我却只有望着烟斗的烟雾凝想，现到以前可能，此刻绝难办到的事情。

今晚有一只虫，惭愧得我不知道它叫做什么，在我耳边细吟，也许你也听到这类虫的声音罢!此刻我们居在地上听着，几百年后我们在地下听着，那有什么碍事呢，虫声总是这么可喜的。也许你此时还听不到虫声，却望着白浪滔天的大海微叹。你看见海上的波涛没有?来时多么雄壮，一会儿却消失得无影无踪，你我的事情也不过大海里的微波罢，也许上帝正凭阑远眺水平线上的苍茫山色，没有注意到我们的一起一伏，那时我们又何必如此夜郎自大，狂诉自个的悲哀呢?

坟

你走后，我夜夜真是睡得太熟了，夜里绝不醒来，而且未曾梦见过你一次，岂单是没有梦见你，简直什么梦都没有了。看看钟，已经快十点了，就擦一擦眼睛，躺在床上，立刻睡着，死尸一样地睡了九个钟头，这是我每夜的情形的。你才走后，我偶然还涉遐思，但是渺茫地忆念一会儿，我立刻喝住自己，叫自己不要胡用心力，因为"想你"是罪过，可说是对你犯一种罪。不该想而想，想我所不配想的人，这样行为在中古时代叫做"渎神"，在有皇冕的国家叫做"大不敬"。从前读Bury的思想自由史，对于他开章那几句话已经很有些怀疑，他说思想总是自由的，所以我们普通所谓思想自由实在是指言论自由。其实思想何曾自由呢!天下个个人都有许多念头是自己不许自己去想的，我的不敢想你也是如此。然而，"不想你"也是罪过，，对于自己的罪过。叫我自己不想你，去拿别的东西来敷衍自己的方寸，那真是等于命令自己将心儿从身里抓出，掷到垃圾堆中。所以为着面面俱圆起见，我只好什么也不想，让世上事物的浮光掠影随便出入我的灵台，我的心就这么毫不自动地凄冷地呆着。失掉了生活力的心怎能够弄出幻梦呢，因此我夜夜都尝了死的意味，过个未寿终先入土的生活，那是爱伦坡所喜欢的题材，那个有人说死在街头的爱伦坡呀！那个脸容是悲剧的结晶的爱伦坡呀！

可是，我心里却也不是空无一物，里面有一座小坟。"小影心头葬"，你的影子已深埋在我心里的隐处了。上面当然也盖一座石坟，两旁的石头照例刻上"春秋多佳日，山水有清音"，这幅对联，坟上免不了栽几棵松柏。这是我现在的"心境"，的的确确的心境，并不是境由心造的。负上莫明其妙的重担，拖个微弱的身躯，蹒跚地在这沙漠上走着，这是世人共同的状态；但是心里还有一座石坟镇压得血脉不流，这可是我的专利。天天过坟墓中人的生活，心里却又有一座坟墓，正如广东人雕的象牙球，球里有球，多么玲珑呀！吾友沉海说过："诉自己的悲哀，求人们给以同情，是等于叫花子露出胸前的创伤，请过路人施舍。"旨哉斯言！但是我对于我心里这个新家颇有沾沾自喜的意思，认为这是我生命换来的艺术品，所以像Coleridge诗里的古舟子那样牵着过路人，硬对他们说自己凄苦的心曲，甚至于不管他们是赴结婚喜宴的客人。

石坟上松柏的阴森影子遮住我一切年少的心情，"春秋多佳日，山水有清音"，这二句诗冷嘲地守在那儿。十年前第一次到乡下扫墓，见到这两句对于死人嘲侃的话，我模糊地感到后死者对于泉下同胞的残酷。自然是这么可爱，人生是这么好玩，良辰美景，红袖青衫，枕石漱流，逍遥山水，这那里是安慰那不能动弹的骷髅的话，简直是无缘无故的侮辱。现在我这座小坟上撒旦刻了这十个字，那是十朵有尖刺的蔷薇，这般娇艳，这般刻毒地刺人。所以我觉得这一座坟是很美的，因为天下美的东西都是使人们看着心酸的。

我没有那种欣欢的情绪，去"长歌当哭"，更不会轻盈地捧着含些朝露的花儿，自觉忧愁得很动人怜爱地由人群走向坟前，我也用不着拿扇子去煽干那湿土，当然也不是一个背个铁锄，想去偷坟的解剖学教授，我只是一个默默无言的守坟苍头而已。

散文精品

梁遇春

【第二辑】

这么一回事

一

　　我每次跟天真烂漫的小学生、中学生接触时候，总觉得悲从中来。他们是这么思虑单纯的，这么纵情嬉笑的，好像已把整个世界搂在怀里了。我呢?无聊的世故跟我结不解之缘，久已不发出痛彻心脾的大笑矣。我的心好比已经摸过柏树油的，永远不能清爽。

　　我每次和晒日黄，缩袖打瞌睡的老头子谈话，也觉得欲泣无泪。"两个极端是相遇的。"他们正如经过无数狂风怒涛的小舟，篷扯碎了，船也翻了，可是剩下来在水面的一两块板却老在海上飘游，一直等到销磨的无影无踪。他们就是自己生命的残留物。他们失掉青春和壮年的火气，情愿忘却一切和被一切忘却了，就是这样若有若无地寄在人间，这到也是个忘忧之方。真是难得糊涂。既不能满意地活它一场，就让它变为几点残露随风而逝罢！

可是，既然如是赞美生命力的消沉，何不于风清月朗之辰，亲自把生命送到门口呢?换一句话说，何不投笔而起，吃安眠药，跳海，当兵去，一了百了，免得世人多听几声呻吟，岂不于人于己两得呢?前几天一位朋友拉到某馆子里高楼把酒，酒酣起舞弄清影时候，凭栏望天上的半轮明月，下面蚁封似的世界，忽然想跨栏而下，让星群在上面啧啧赞美，嫦娥大概会拿着手帕抿着嘴儿笑，给下面这班蚂蚁看一出好看的戏，自己就立刻变做不是自己，这真是人天同庆，无损于己（自己已经没有了，还从哪里去损伤他呢?）有益于人。不说别的，报馆访员就可以多一段新闻，hysteria的女子可以暂忘却烦闷，没有爱人的大学生可以畅谈自杀来销愁。

但是既然有个终南捷径可以逃出人生，又何妨在人生里鬼混呢!

但是……

但是……

……

二

昨天忽然想起苏格拉底是常在市场里出现的，我件件不如这位古圣贤，难道连这一件也不如吗?于是乎振衣而起，赶紧到市场人群里乱闯。果然参出一些妙谛，没有虚行。

市场里最花红柳绿的地方当然要推布店了。里面的顾客也复杂得的有趣，从目不识丁的简朴老妇人到读过二十、三十、四五十，以至整整八十单位的女学生。可是她们对于布店都有一种深切之感。她们一进门来，有的自在地坐下细细鉴赏，有的慢步巡视，有的和女伴或不幸的男伴随便谈天，有的皱着眉头冥想，真是宾至如归。虽说男女同学已经有年，而且成绩卓著，但是我觉得他们走进课堂时总没有走进布店时态度那么自然。唉吓!我却是无论走进任何地方，态度都是不自然的。乡友镜君从前说过："人在世界上是个没有人招待的来客。"这真是千古达者之言。牢骚搁起，言归正传。天下没有一个女人买布时会没有主张的。她们胸有成竹，罗列了无数批评标准，对于每种布匹绸缎都有个永劫不拔的主张，她们的主张仿佛也有古典派浪漫派之分，前者是爱素淡宜人的，后者是喜欢艳丽迷离的。至于高兴穿肉色的衣料和虎豹纹的衣料，那大概是写实派罢。但是她们意见也常有更改，应当说进步。然而她们总是坚持自己当时的意见，绝不犹豫的。这也不足奇，男人选妻子岂不也是如此吗?许多男人因为别人都说那个女子漂亮，于是就心火因君特地燃了。天下没有一个男人不爱女子，也好像没有一个女子不爱衣服一样。刘备说过："妻子是衣服。"千古权奸之言，当然是没有错的。

　　布店是堕落的地方。亚当夏娃堕落后才想起穿衣。有了衣服，就有廉耻，就有礼教，真是"圣人不死，大盗不止"。人生本来只有吃饭一问题，这两位元始宗亲无端为我们加上穿衣一项，天下从此多事了。

　　动物里都是雄的弄得很美丽来引诱雌的。在我们却是女性在生育之外还慨然背上这个责任。女性始终花叶招展，男性永远是这么黑漆一团。我们真该感谢这勇于为世界增光的永久女性。

　　这也是一篇Sartor Resartus罢!

无情的多情和多情的无情

情人们常常觉得他俩的恋爱是空前绝后的壮举，跟一切芸芸众生的男欢女爱绝不相同。这恐怕也只是恋爱这场黄金好梦里面的幻影罢。其实通常情侣正同博士论文一样地平淡无奇。为着要得博士而写的论文同为着要结婚而发生的恋爱大概是一样没有内容罢。通常的恋爱约略可以分做两类：无情的多情和多情的无情。

一双情侣见面时就倾吐出无限缠绵的话，接吻了无数万次，欢喜得淌下眼泪，分手时依依难舍，回家后不停地吟味过去的欣欢 —— 这是正打得火热的时候。后来时过境迁，两人不得不含着满泡眼泪离散了，彼此各自有个世界，旧的印象逐渐模糊了，新的引诱却不断地现在当前。经过了一段若即若离的时期，终于跟另一爱人又演出旧戏了。此后也许会重演好几次。或者两人始终保持当初恋爱的形式，彼此的情却都显出离心力，向外发展，暗把种种盛意搁在另一个人身上了。这般人好像天天都在爱的漩涡里，却没有弄清真是爱那一个人，他们外表上是多情，处处花草颠连，实在是无情，心里总只是微温的。他们寻找的是自己的享乐，以"自己"为中心，不知不觉间做出许多残酷的事，甚至于后来还去赏鉴一手包办的悲剧，玩弄那种微酸的凄凉情调，拿所谓痛心的事情来解闷销愁。天下有许多的眼泪流下来时有种快感，这般人却顶喜欢尝这个精美的甜味，他们爱上了爱情，为爱情而恋爱，所以一切都可以牺牲，只求始终能尝到爱的滋味而已。他们是拿打牌的精神踱进情场，"玩玩罢"是他们的信条。他们有时也假装诚恳，那无非因为可以更玩得有趣些。他们有时甚至于自己也糊涂了，以为真是以全生命来恋爱，其实他们的下意识是了然的。他们好比上场演戏，虽然兴高采烈时忘了自己，居然觉得真是所扮的脚色了，可是心中明知台后有个可以洗去脂粉，脱下戏衫的化装室。他们拿人生最可贵的东西：爱情来玩弄，跟人生开玩笑，真是聪明得近乎大傻子了。这般人我们无以名之，名之为无情的多情人，也就是洋鬼子所谓Sentimental 了。

上面这种情侣可以说是走一程花草缤纷的大路，另一种情侣却是探求奇怪瑰丽的胜境，不辞跋涉崎岖长途，缘着悬岩峭壁屏息而行，总是不懈本志，从无限苦辛里得到更纯净的快乐。他们常拿难题来试彼此的挚情，他们有时现出冷酷的颜色。他们觉得心心既相印了，又何必弄出许多虚文呢？他们心里的热情把他们的思想毫发毕露地照出，他们的感情强烈得清晰有如理智。天下抱定了成仁取义的决心的人干事时总是分寸不乱，行若无事的，这般情人也是神情清爽，绝不慌张的，他们始终是朝一个方向走去，永久抱着同一的深情，他们的目标既是如皎日之高悬，像大山一样稳固，他们的步伐怎么会乱呢?他们已从默然相对无言里深深了解彼此的心曲，他们那里用得着绝不能明白传达我们意思的言语呢?他们已经各自在心里矢誓，当然不作无谓的殷勤话儿了。他们把整个人生搁在爱情里，爱存则存，爱亡则亡，他们怎么会拿爱情做人生的装饰品呢?他们自己变为爱情的化身，绝不能再分身跳出圈外来玩味爱情。聪明乖巧的人们也许会嘲笑他们态度太严重了，几十个夏冬急水般的流年何必如是死板板地过去呢；但是他们觉得爱情比人生还重要，可以情死，绝不可为着贪生而断情。他们注全力于精神，所以忽于形迹，所以好似无情，其实深情，真是所谓"多情却似总无情"。我们把这类恋爱叫做多情的无情，也就是洋鬼子所谓Passionate了。

但是多情的无情有时渐渐化做无情的无情了。这种人起先因为全借心中白热的情绪，忽略外表，有时却因为外面惯于冷淡，心里也不知不觉地淡然了。人本来是弱者，专靠自己心中的魄力，不知道自己魄力的脆弱，就常因太自信了而反坍台。好比那深信具有坐怀不乱这副本领的人，随便冒险，深入女性的阵里，结果常是冷不防地陷落了。拿宗教来做比喻罢。宗教总是有许多仪式，但是有一般人觉得我们既然虔信不已，又何必这许多无谓的虚文缛节呢，于是就将这道传统的玩意儿一笔勾销，但是精神老是依着自己，外面无所附着，有时就有支持不起之势，信心因此慢慢衰颓了。天下许多无谓的东西所以值得保存。就因为它是无谓的，可以做个表现各种情绪的工具。老是扯成满月形的弦不久会断了，必定有弛张的时候。也就是在这类地方。

拿无情的多情来细味一下罢。乔治·桑（George Sand）在她的小说里曾经隐约地替自己辨护道："我从来绝没有同时爱着两个人。我绝没有，甚至于在思想里。属于两个人，无论在什么时候。这自然是指当我的情热继续着。当我不再爱一个男人的时候，我并没有骗他。我同他完全绝交了。不错，我也曾设誓，在我狂热的时候，永远爱他；我设誓时也是极诚意的。每次我恋爱，总是这么热烈地，完全地，我相信那是我生平第一次，也是最后一次的真恋爱的。"乔治·桑的爱人多极了，这是谁都知道的事情，但是我们不能说她不诚恳。乔治·桑是个伟大的爱人，几千年来像她这样的人不过几个，自然不能当做常例看，但是通常牵情的人们的确有他可爱的地方。他们是最含有诗意的人们，至少他们天天总弄得欢欣地过日子。假使他们没有制造出事实的悲剧，大家都了然这种飞鸿踏雪泥式的恋爱，将人生渲染上一层生气勃勃，清醒活泼的恋爱情调，情人们永久是像朋友那样可分可合，不拿契约来束缚水银般转动自如的爱情，不处在委曲求全的地位，那么整个世界会青春得多了。唯美派说从一而终的人们是出于感觉迟钝，这句话像唯美派其他的话一样，也有相当的道理。许多情侣多半是始于恋爱，而终于莫明其妙的妥协。他们忠于彼此的婚后生活并不是出于他们恋爱的真挚持久。却是因为恋爱这个念头已经根本枯萎了。法郎士说过："当一个人恋爱的日子已经结束，这个人大可不必活在世上。"高尔基也说："若使没有一个人热烈地爱你。你为什么还活在世上呢？"然而许多应该早下野，退出世界舞台的人却总是恋栈，情愿无聊赖地多过几年那总有一天结束的生活，却不肯急流勇退，平安地躺在地下，免得世上多一个麻木的人。"生的意志"（Will to live）使人世变成个血肉模糊的战场。它又使人世这么阴森森地见不到阳光。在悲剧里，一个人失败了，死了，他就立刻退场，但是在这幕大悲剧里许多虽生犹死的人们却老占着场面，挡住少女的笑涡。许多夫妇过一种死水般的生活，他们意志消沉得不想再走上恋爱舞场，这种的忠实有什么可赞美呢?他们简直是冷冰的，连微温情调都没有了，而所谓Passionate的人们一失足，就掉进这个陷阱了。爱情的火是跳动的，需要新的燃料，否则很容易被人世的冷风一下子吹熄了。中国文学里的情人多半是属于第一类的，说得肉麻点，可以叫做卿卿我我式的爱情，外国文学里的情人多半是属于第二类的，可以叫做生生死死的爱情，这当有许多例外，中国有尾生这类痴情的人，外国有屠格涅夫、拜伦等描写的玩弄爱情滋味的人。

毋忘草

一

Butler和Stevenson都主张我们应当衣袋里放一本小簿子，心里一涌出什么巧妙的念头，就把它抓住记下，免得将来逃个无影无踪。我一向不大赞成这个办法，一则因为我总觉得文章是"妙手偶得之"的事情，不可刻意雕出。那大概免不了三分"匠"意。二则，既然记忆力那么坏，有了得意的意思又会忘却，那么一定也会忘记带那本子了，或者带了本子，没有带笔，结果还是一个忘却，到不如安分些，让这些念头出入自由罢。这些都是壮年时候的心境。

近来人事纷扰，感慨比从前多，也忘得更快，最可恨的是不全忘去，留个影子，叫你想不出全部来觉得怪难过的。并且在人海的波涛里浮沉着，有时颇顾惜自己的心境，想留下来，做这个徒然走过的路程的标志。因此打算每夜把日间所胡思乱想的多多少少写下一点儿，能够写多久，那是连上帝同魔鬼都不知道的。

二

老子用极恬美的文字著了道德经，但是他在最后一章里却说，"信言不美，美言不信"。大有一笔勾销前八十章的样子。这是抓到哲学核心的智者的态度。若使他没有看透这点，他也不会写出这五千言了。天下事讲来讲去讲到彻底时正同没有讲一样，只有知道讲出来是没有意义的人才会讲那么多话。又讲得那么好。Montaigne Voltaire, Pascal，Hume说了许多的话，却是全没有结论，也全因为他们心里是雪亮的，晓得万千种话一灯青，说不出什么大道理来，所以他们会那样滔滔不绝，头头是道。天下许多事情都是翻筋斗，未翻之前是这么站着，既翻之后还是这么站着，然而中间却有这么一个筋斗!

镜君屡向我引起庄子的"道隐于小成，言隐于荣华"，又屡向我盛称庄子文章的奇伟瑰丽，他的确很懂得庄子。

三

我现在深知道"忆念"这两个字的意思，也许因为此刻正是穷秋时节罢。忆念是没有目的，没有希望的，只是在日常生活里很容易触物伤情，想到千里外此时有个人不知道作什么生。有时遇到极微细的，跟那个人绝不相关的情境，也会忽然联想起那个穿梭般出入我的意识的她，我简直认为这念头是来得无端。忆念后又怎么样呢?没有怎么样，我还是这么一个人。那么又何必忆念呢?但是当我想不去忆念她时，我这想头就是忆念着她了。当我忘却了这个想头，我又自然地忆念起来了。我可以闭着眼睛不着外界的东西，但是我的心眼总是清烔烔的，总是想着她的倩影。在欢场里忆起她时，我感到我的心境真是静悄悄得像老人了。在苦痛时忆起她时，我觉得无限的安详，仿佛以为我已挨尽一切了。总之，我时时的心境都经过这么一种洗礼，不管当时的情绪为何，那色调是绝对一致的，也可以说她的影子永离不开我了。

"人间别久不成悲"，难道已浑然好像没有这么一回事吗?不，绝不!初别的时候心里总难免万千心绪起伏着，就构成一个光怪陆离的悲哀。当一个人的悲哀变成灰色时，他整个人溶在悲哀里面去了，惘怅的情绪既为他日常心境，他当然不会再有什么悲从中来了。

黑　暗

　　我们这班圆颅趾方的动物应当怎样分类呢?若使照颜色来分做黄种，黑种，白种，红种等等，那的确是难免于肤浅。若使打开族谱，分做什么，Aryan,Semitic等等，也是不彻底的，因为五万年前本一家。再加上人们对于他国女子的倾倒，常常为着要得到异乡情调，宁其冒许多麻烦，娶个和自己语言文字以及头发眼睛的颜色绝不相同的女人，所以世界上的人们早已打成一片，无法来根据皮肤颜色和人类系统来分类了。德国讽刺家Saphir说："天下人可以分做两种 —— 有钱的人们和没有钱的人民。"这真是个好办法!但是他接着说道："然而，没有钱的人们不能算做人 —— 他们不是魔鬼 —— 可怜的魔鬼，就是天使，有耐心的，安于贫穷的天使。"所以这位出语伤人的滑稽家的分类法也就根本推翻了。Gharles Lamb说："照我们能建设的最好的理论，人类是两种人构成的，'向人借钱的人们'同'借钱给人的人们'。"可是他真是太乐观了，他忘记了天下尚有一大堆毫无心肝的那班洁身自好的君子。他们怕人们向他们借钱，于是先立定主意永不向人们借钱，这样子人们也不好意思来启齿了；也许他们怕自己会向人们借钱，弄到亏空，于是先下个决心不借钱给别人，这样子自断自己借钱的路，当然会节俭了，总之，他们的心被钱压硬了，再也发不出同情的或豪放的跳动。钱虽然是万能，在这方面却不能做个良好的分类工具。我们只好向人们精神方面去找个分类标准。

夸大狂是人们的一种本性，个个人都喜欢用他自命特别具有的性质来做分类的标准。基督教徒认为世人只可以分做基督教徒和异教徒；道学家觉得人们最大的区别是名教中人和名教罪人；爱国主义者相信天下人可以黑白分明地归于爱国者和卖国贼这两类；"钟情自在我辈"的名士心里只把人们斫成两部分，一面是餐风饮露的名士，一面是令人作呕的俗物。这种唯我独尊的分类法完全出自主观，因为要把自己说的光荣些，就随便竖起一面纸糊的大旗，又糊好一面小旗偷偷地插在对面，于是乎拿起号角，向天下人宣布道这是世上的真正局面，一切芸芸苍生不是这边的好汉，就是那面的喽啰，自己就飞扬跋扈地站在大旗下傻笑着。这已经是够下流了。但是若使没有别的结果，只不过令人冷笑，那倒也是无妨的；最可怕的却是站在大旗下的人们总觉得自己是正宗，是配得站在世界上做人的，对面那班小鬼都是魔道，应该退出世界舞台的。因此认为自己该享到许多特权，那班敌人是该排斥，压迫毁灭的。所以基督教徒就在中古时代演出教会审判那幕惨凄的悲剧；道学家几千年来在中国把人们弄得这么奄奄一息，毫无"异端"的精神；爱国主义者吃了野心家的迷醉剂，推波助澜地做成欧战；而名士们一向是靠欺骗奸滑为生，一面骂俗物，一面做俗物的寄生虫，养成中国历来文人只图小便宜的习气。这几个招牌变成他们的符咒，借此横行天下，发泄人类残酷的兽性。我们绝不能再拿这类招牌来惹祸了。

在上帝创造世界之后，宇宙是黑漆一团的，而世界的末日也一定是归于原始的黑暗，所以这个宇宙不过是两个黑暗中间的一星火花。但是这个世界仍然是充满了黑暗，黑暗可说是人生核心；人生的态度也就是在乎怎样去处理这个黑暗。然而，世上有许多人根本不能认识黑暗，他们对于人生是绝无态度的，只有对于世人通常姿态的一种出于本能的模仿而已；他们没有尝到人生的本质，黑暗，所以他们是始终没有看清人生的，永远是影子般浮沉世上。他们的哀乐都比别人轻，他们生活的内容也浅陋得很，他们真可说虽生之日犹死之年。可是，他们占了世人的大部分，这也是几千年来天下所以如是纷纷的原因之一。

他们并非完全过着天鹅绒的生活，他们也遇过人生的坎坷，或者终身在人生的臼子里面被人磨舂着，但是他们不能了解什么叫做黑暗。天下有许多只会感到苦痛，而绝不知悲哀的人们。当苦难压住他们时候，他们本能地发出哀号，正如被打的猫狗那么嚷着一样。苦难一走开，他们又恢复日常无意识的生活状态了，一张折做两半的纸还没有那么容易失掉那折痕。有时甚至当苦痛还继续着时候，他们已经因为和苦痛相熟，而变麻木了。过去是立刻忘记了，将来是他们所不会推测的，现在的深刻意义又是他们所无法明白的，所以他们免不了莫明其妙地过日子。悲哀当然是没有的，但是也失丢了生命，充实的生命。他们没有高举生命之杯，痛饮一番，他们只是尝一尝杯缘的酒痕。有时在极悲哀的环境里，他们会如日常地白痴地笑着，但是他们也不晓得什么是人生最快意的时候。他们始终没有走到生命里面去，只是生命向前的一个无聊的过客。他们在世上空尝了许多无谓的苦痛同比苦痛更无谓的微温快乐，他们其实不懂得生命是怎么一回事。真是深负上天好生之德。

有人以为志行高洁的理想主义者应当不知道世上一切龌龊的事体，应当不懂得世上有黑暗这个东西。这是再错不过的见解。只有深知黑暗的人们才会热烈地赞美光明。没有饿过的人不大晓得食饱的快乐，没有经过性的苦闷的小孩子很难了解性生活的意义。奥古斯丁，托尔斯泰都是走遍世上污秽的地方，才产生了后来一尘不沾的洁白情绪。不觉得黑暗的可怕，也就看不见光明的价值了。孙悟空没有在八卦炉中烧了六十四天，也无从得到那对洞观万物的火眼金睛了。所以天下最贞洁高尚的女性是娼妓。她们的一生理在黑暗里面，但是有时谁也没有她们那么恋着光明。她们受尽人们的揶揄，历遍人间凄凉的情境，尝到一切辛酸的味道，若使她们的心还卓然自立，那么这颗心一定是满着同情和怜悯。她们抓到黑暗的核心，知道侮辱她们的人们也是受这个黑暗残杀着，她们怎么不会满心都是怜怜呢，当De Quincey 流落伦敦，彷徨无依的时候，街上下等的娼妓是他惟一的朋友，最纯洁的朋友，当朵斯妥耶夫斯基的《罪与罚》里主要人物Raskonikov为着杀了人，万种情绪交哄胸中时候，妓女Sonia是惟一能够安慰他的人，和他同跪在床前念圣经，劝他自首。只有濯污泥者才能够纤尘不染。从黑暗里看到光明的人正同新罗曼主义者一样，他们受过写实主义的洗礼，认出人们心苗里的罗曼根源，这才是真真的罗曼主义。在这个糊涂世界里，我们非是先一笔勾销，再重新一一估定价值过不可，否则囫囵吞枣地随便加以可否，是猪八戒吃人参果的办法。没有夜，那里有晨曦的光荣。正是风雨如晦时候，鸡鸣不已才会那么有意义，那么有内容。不知黑暗，心地柔和的人们像未锻炼过的生铁，绝不能成光芒十丈的利剑。

但是了解黑暗也不是容易的事，想知道黑暗的人最少总得有个光明的心地。生来就盲目的，绝对不知道光明和黑暗的分别，因此也可说不能了解黑暗了。说到这里，我们很可以应用柏拉图的穴居人的比喻。他们老住在穴中，从来没有看到阳光，也不觉得自己是在阴森森的窟里。当他们才走出来的时候，他们羞光，一受到光明的洗礼，反头晕目眩起来，这是可以解说历来人们对于新时代的恐怖，才是恋着旧时代的骸骨，因为那是和人们平常麻木的心境相宜的。但是当他们已惯于阳光了，他们一回去，就立刻深觉得窟里的黑暗凄惨。人世的黑暗也正和这个窟穴一样，你必定瞧到了光明，才能晓得那是多么可怕的。诗人们所以觉得世界特别可悲伤的，也是出于他们天天都浴在洁白的阳光里。而绝不能了解人世光明方面的无聊小说家是无法了解黑暗，虽然他们拼命写许多所谓黑幕小说。这类小说专讲怎样去利用人世的黑暗，却没有说到黑暗的本质。他们说的是技术，最可鄙的技术，并没有尝到人世黑暗的悲哀。所以他们除开刻板的几句世俗道德家的话外，绝无同情之可言。不晓得悲哀的人怎么会有同情呢？"人心险诈"这个黑暗是值得细味的，至于人心怎样子险诈，以及我们在世上该用那种险诈手段才有达到目的，这些无聊的世故是不值得探讨的。然而那班所谓深知黑暗的人们却只知道玩弄这些小技，完全没有看到黑暗的真意义了。俄国文学家Dostoiefsky, Gogol Chekhov 等才配得上说是知道黑暗的人。他们也都是光明的歌颂者。当我们还无法来结实地来把人们分类时候，就将世人分做知道黑暗的和不知道黑暗的，也未始不是个好办法罢!最少我这十几年来在世网里挣扎着的时候对于人们总是用这点来分类，而且觉得这个标准可以指示出他们许多其他的性质。

一个"心力克"的微笑

写下题目，不禁微笑，笑我自己毕竟不是个道地的"心力克"（Cydic）。心里蕴蓄有无限世故，却不肯轻易出口，混然和俗，有如孺子，这才是真正的世故。至于稍稍有些人生经验，便喜欢排出世故架子的人们，还好真有世故的人们不肯笑人，否则一定会被笑得怪难为情，老羞成怒，世故的架子完全坍台了。最高的艺术使人们不觉得它有斧斤痕迹，最有世故的人们使人们不觉得他是曾经沧海。他有时静如处女，有时动如走兔，却总不像有世故的样子，更不会无端谈起世故来。我现在自命为"心力克"，却肯文以载道，愿天下有心人无心人都晓得"心力克"的心境是怎么样，而且向大众说我有微笑，这真是太富于同情心，太天真纯朴了。怎么好算做一个"心力克"呢？因此，我对于自己居然也取"心力克"的态度，而微笑了。

这种矛盾其实也不足奇。嵇叔夜的"家诫"对于人情世故体贴入微极了，可是他又写出那种被人们逆鳞的几封绝交书。叔本华的"箴言"揣摩机心，真足以坏人心术，他自己为人却那么痴心，而且又如是悲观，颇有退出人生行列之意，当然用不着去研究如何在污浊世界里躲难偷生了。予何人斯，拿出这班巨人来自比，岂不蒙其他"心力克"同志们的微笑。区区之意不过说明这种矛盾是古已有之，并不新奇。而且觉得天下只有矛盾的言论是真挚的，是有生气的，简直可以说才算得一贯。矛盾就是一贯，能够欣赏这个矛盾的人们于天地间一切矛盾就都能澈悟了。

　　好好一个人，为什么要当"心力克"呢?这里真有许多苦衷。看透了人们的假面目，这是件平常事，但是看到了人们真面目是那么无聊，那么乏味，那么不是他们假面目的好玩，这却怎么好呢?对于人世种种失却幻觉了，所谓Disillusion，可是同时又不觉得这个Disillusion是件了不得的聪明举动：却以为人到了一定年纪，不是上智和下愚却多少总有些这种感觉，换句话说，对于Disillusion也Disillusion了，这却怎么好呢?年青时白天晚上都在那儿做蔷薇色的佳梦，现在不但没有做梦的心情，连一切带劲的念头也消失了，真是六根清净，妄念俱灭，然而得到的不是涅槃，而是麻木，麻木到自己到觉悠然，这怎么好呢?喜怒爱憎之感一天一天钝下去了，眼看许多人在那儿弄得津津有味，又仿佛觉得他们也知道这是串戏，不过既已登台，只好信口唱下去，自己呢，没有冷淡到能够做清闲的观客，隔江观火，又不能把自己哄住，投身到里面去胡闹一场，双脚踏着两船旁，这时倦于自己，倦于人生，这怎么好呢?惘怅的情绪，凄然的心境，以及冥想自杀，高谈人生，这实在都是少年的盛事；有人说道，天下最鬼气森森的诗是血气方旺的年青写出的，这是真话。他们还没有跟生活接触过，那里晓得人生是这么可悲，于是逞一时的勇气，故意刻画出一个血淋淋的人生，以慰自己罗曼的情调。人生的可哀，没有涉猎过的人是忆测不出的，否则他们也不肯去涉猎了，等到尝到苦味，你就噤若寒蝉，谈虎色变，绝不会无缘无故去冲破自己的伤痕。那时你走上了人生这条机械的路子，要离开要更大的力量，是已受生活打击过的人所无法办到的，所以只好掩泪吞声活下去了，有时挣扎着显出微笑。可是一面兜这一步一步陷下去的圈子，一面又如观止水地看清普天下种种迫害我们的东西，而最大的迫害却是自己的无能，否则拨云雾而见天日，抖擞精神，打个滚九万里风云脚下生，岂不适意哉？然而我们又知道，就说你一个人在人生舞台上演一大套热闹的戏，无非使后台地上多些剩脂残粉，破碎衣冠。而且后台的情况始终在你心眼前，装个欢乐的形容，无非更增抑郁而已。也许这种心境是我们最大的无能，也许因为我们无能，所以做出这个心境来慰藉自己。总之，人生路上长亭更短亭，我们一时停足，一时迈步，望苍茫的黄昏里走去，眼花了，头晕了，脚酸了，我们暂在途中打盹，也就长眠了，后面的人只见我们越走越远身体越小，消失于埃里了。路有尽头吗，干吗要个尽头呢？走这条路有意义吗？什么叫做意义呢？人生的意义若在人生之中，那么这是人生，不足以解释人生；人生的意义若在人生之外，那么又何必走此一程呢？当此无可如何之时我们只好当"心力克"，借微笑以自遣也。

瞥眼看过去，许多才智之士在那里翻筋斗，也着实会令人叫好。比如，有人排架子，有人排有架子的架子，有人又排不屑计较架子有无的架子，有人排天真的架子，有人排既已世故了，何妨自认为世故的坦白架子，许多架子合在一起，就把人生这个大虚空筑成八层楼台了，我们在那上面有的战战兢兢走着，有的昂头阔步走着，终免不了摔下来，另一个人来当那条架子了。阿迭生拿桥来比人生，勃兰德斯在一篇叫做《人生》的文章里拿梯子来比人生，中间都含有摔下的意思，我觉得不如我这架子之说那么周到，因为还说出人生的本素。上面说得太简短了，当然未尽所欲言，举一反三，在乎读者，不佞太忙了，因为还得去微笑。

第二度的青春

　　人们到了相当年纪，大概不会再有春愁。就说偶然还涉遐思，也不好意思出口了。

　　乡愁，那是许多人所逃不了的。有些人天生一副怀乡病者的心境，天天惦念着他精神上的故乡。就是住在家乡里，仍然忽忽如有所失，像个海外飘零的客子。就说把他们送到乐园去，他们还是不胜惆怅，总是希冀企望着，想回到一个他所不知道的地方。这些人想象出许多虚幻的境界，那是宗教家的伊甸园，哲学家的伊比鸠鲁斯花园，诗人的Elysium ElDorado, Arcadia, 理想主义者的乌托邦，来慰藉他们彷徨的心灵；可是若使把他们放在他们所追求的天国里，他们也许又皱起眉头，拿着笔描写出另个理想世界了。思想无非是情感的具体表现，他们这些世外桃源只是他们不安心境的寄托。全是因为它们是不能实现的，所以才能够传达出他们这种没个为欢处的情怀；一旦不幸，理想变为事实，它们立刻就不配做他们这些情绪的象征了。说起来，真是可悲，然而也怪有趣。总之，这一班人大好年华都消磨于缱怀一个莫须有之乡，也从这里面得到他人所尝不到的无限乐趣。登楼远望云山外的云山，淌下的眼泪流到笑涡里去，这是他们的生活。吾友莫须有先生就是这么一个人，久不见他了，却常忆起他那泪痕里的微笑。

可是，人们到了相当年纪，（又是这么一句话）对于自己的事情感到厌倦，觉得太空虚了，不值一想，这时连这一缕乡愁也将化为云烟了。其实人们一走出情场，失掉绮梦，对于自己种种的幻觉都消灭了，当下看出自己是个多么渺小无聊的汉子，正好像脱下戏衫的优伶，从缥缈世界坠到铁硬的事实世界，砰的一声把自己惊醒了。这时睁开眼睛，看到天上恒河沙数的群星，一佛一世界，回想自己风尘下过千万人已尝过，将来还有无数万人来尝的庸俗生活，对于自己怎能不灰心呢？当此"屏除丝竹入中年"时候，怎么好呢？

可是，人们到了相当年纪，免不了儿女累人，三更儿哭，可以搅你的清梦，一声爸爸，可以动你的心弦。烦恼自然多起来了，但是天下的乐趣都是烦恼带来的，烦恼使人不得不希望，希望却是一服包医百病的良方。做了只怕不愁，一生在艰苦的环境下面挣扎着，结果常是"穷"而不"愁"，所谓潦倒也就是麻木的意思。做人做到艳阳天气勾不起你的幽怨，故乡土物打不动你莼鲈之思，真是几乎无路可走了。还好有个父愁。虽然知道自己的一生是个失败，仿佛也看出天下无所谓的成功的事情，已猜透成功等于失败这个哑谜了，居然清瘦地站在宇宙之外，默然与世无涉了；可是对于自己孩子们总有个莫名其妙的希望，大有我们自己既然如是塌台，难道他们也会这样吗的意思。只有没有道理的希望是真实的，永远有生气的，做父亲的人们明知小孩变成顽皮大人是种可伤的事情，却非常希望他们赶快长大。已看穿人性的腐朽同宇宙的乏味了，可是还希望他们来日有个花一般的生涯。为着他们，希望许多绝不可能的事情变为可能，为着他们，肯把自己重新掷到过去的幻觉里去，于是乎从他们的生活里去度自己第二次的青春，又是一场哀乐。为着儿女的恋爱而担心，去揣摩内中的甘苦，宛如又踱进情场。有时把儿女的痴梦拿来细味，自己不知不觉也走到梦里去了，孩提的想头和希望都占着做父亲者的心窝，虽然这些事他们从前曾经热烈地执著过，后来又颓然扔开了。人们下半生的心境又恢复到前半生那样了，有时从父愁里也产生出春愁和乡愁。

记得去年快有儿子时候，我的父亲从南方写信来说道，"你现在也快做父亲了，有了孩子，一切要耐忍些。"我年来常常记起这几句话，感到这几句叮咛包括了整个人生。

又是一年春草绿

　　一年四季，我最怕的却是春天。夏的沉闷，秋的枯燥，冬的寂寞，我都能够忍受，有时还感到片刻的欣欢。灼热的阳光，憔悴的霜林，浓密的乌云，这些东西跟满目创痍的人世是这么相称，真可算做这出永远演不完的悲剧的绝好背景。当个演员，同时又当个观客的我虽然心酸，看到这么美妙的艺术，有时也免不了陶然色喜，传出灵魂上的笑涡了。坐在炉边，听到呼呼的北风，一页一页翻阅一些畸零人的书信或日记，我的心境大概有点像人们所谓春的情调罢。可是一看到阶前草绿，窗外花红，我就感到宇宙的不调和，好像在弥留病人的榻旁听到少女的轻脆的笑声，不，简直好像参加婚礼时候听到凄楚的丧钟。这到底是恶魔的调侃呀，还是垂泪的慈母拿几件新奇的玩物来哄临终的孩子呢？每当大地春回的时候，我常想起哈姆雷特里面那位姑娘戴着鲜花圈子，唱着歌儿，沉到水里去了。这真是莫大的悲剧呀，比哈姆雷特的命运还来得可伤，叫人们啼笑皆非，只好朦胧地徜徉于迷途之上，在谜的空气里度过鲜血染着鲜花的一生了。坟墓旁年年开遍了春花，宇宙永远是这样二元，两者错综起来，就构成了这个杂乱下劣的人世了。其实不单自然界是这样子安排颠倒遇颠连，人事也无非如此白莲与污泥相接。在卑鄙坏恶的人群里偏有些雪白晶清的灵魂，可是旷世的伟人又是三寸名心未死，落个白玉之玷了。天下有了伪君子，我们虽然亲眼看见美德，也不敢贸然去相信了；可是极无聊，极不堪的下流种子有时却磊落大方，一鸣惊人，情愿把自己牺牲了。席勒说，"只有错误才是活的，真理只好算做个死东西罢了"，可见连抽象的境界里都不会有个称心如意的事情了。"可哀惟有人间世"，大概就是为着这个原因罢。

我是个常带笑脸的人，虽然心绪凄其的时候居多。可是我的笑并不是百无聊赖时的苦笑，假使人生单使我们觉得无可奈何，"独闭空斋画大圈"，那么这个世界也不值得一笑了。我的笑也不是世故老人的冷笑，忙忙扰扰的哀乐虽然尝过了不少，鬼鬼祟祟的把戏虽然也窥破了一二，我却总不拿这类下流的伎俩放在眼里，以为不值得尊称为世故的对象，所以不管我多么焦头烂额，立在这片瓦砾场中，我向来不屑对于这些加之以冷笑。我的笑也不是哀莫大于心死以后的狞笑，我现在最感到苦痛的就是我的心太活跃了，不知怎的，无论到那儿去，总有些触目伤心，凄然泪下的意思，大有失恋与伤逝冶于一炉的光景，怎么还会狞笑呢。我的辛酸心境并不是年青人常有的那种累带诗意的感伤情调，那是生命之杯盛满后溅出来的泡花，那是无上的快乐呀，释迦牟尼佛所以会那么陶然，也就是为着他具了那个清风朗月的慈悲境界罢。走入人生迷园而不能自拔的我怎么会有这种的闲情逸致呢！我的辛酸心境也不是像丁尼生所说的"天下最沉痛的事情莫过于回忆起欣欢的日子"。这位诗人自己却又说道："曾经亲爱过，后来永诀了，总比绝没有亲爱过好多了。"我是没有过这么一度的鸟语花香，我的生涯好比没有绿洲的空旷沙漠，好比没有棕榈的热带国土，简直是挂着蛛网，未曾听过管弦声的一所空屋。我的辛酸心境更不是像近代仕女们脸上故意贴上的"黑点"，朋友们看到我微笑着道出许多伤心话，总是不能见谅，以为这些娓娓酸语无非拿来点缀风光，更增生活的妩媚罢了。"知己从来不易知"，其实我们也用不着这样苛求，谁敢说真知道了自己呢，否则希腊人也不必在神庙里刻上"知道你自己"那句话了。可是我就没有走过芳花缤纷的蔷薇的路，我只看见枯树同落叶；狂欢的宴席上排了一个白森森的人头固然可以叫古代的波斯人感到人生的悠忽而更见沉醉，骷髅搂着如花的少女跳舞固然可以使荒山上月光里的撒旦摇着头上的两角哈哈大笑，但是八百里的荆棘岭总不能算做愉快的旅程罢；梅花落后，雪月空明，当然是个好境界，可是牛山濯濯的峭壁上一年到底只有一阵一阵的狂风瞎吹着，那就会叫人思之欲泣了。这些话虽然言之过甚，缩小来看，也可以映出我这个无可为欢处的心境了。

在这个无时无地都有哭声回响着的世界里年年偏有这么一个春天；在这个满天澄蓝，泼地草绿的季节，毒蛇却也换了一套春装睡眼朦胧地来跟人们作伴了，禁闭于层冰底下的秽气也随着春水的绿波传到情侣的身旁了。这些矛盾恐怕就是数千年来贤哲所追求的宇宙本质罢!蕞尔的我大概也分了一份上帝这笔礼物罢。笑涡里贮着泪珠儿的我活在这个乌云里夹着闪电，早上彩霞暮雨凄凄的宇宙里，天人合一，也可以说是无憾了，何必再去寻找那个无根的解释呢。"满眼春风百事非"，这般就是这般。

春 雨

　　整天的春雨，接着是整天的春阴，这真是世上最愉快的事情了。我向来厌恶晴朗的日子，尤其是娇阳的春天；在这个悲惨的地球上忽然来了这么一个欣欢的气象，简直像无聊赖的主人宴饮生客时拿出来的那副古怪笑脸，完全显出宇宙里的白痴成分。在所谓大好的春光之下，人们都到公园大街或者名胜地方去招摇过市，像猩猩那样嘻嘻笑着，真是得意忘形，弄到变成为四不像了。可是阴霾四布或者急雨滂沱的时候，就是最沾沾自喜的财主也会感到苦闷，因此也略带了一些人的气味，不像好天气时候那样望着阳光，盛气凌人地大踏步走着，颇有上帝在上，我得其所的意思。至于懂得人世哀怨的人们，黯淡的日子可说是他们惟一光荣的时光。穹苍替他们流泪，乌云替他们皱眉，他们觉到四围都是同情的空气，仿佛一个堕落的女子躺在母亲怀中，看见慈母一滴滴的热泪溅到自己的泪痕，真是润遍了枯萎的心田。斗室中默坐着，忆念十载相违的密友，已经走去的情人，想起生平种种的坎坷，一身经历的苦楚，倾听窗外檐前凄清的滴沥，仰观波涛浪涌，似无止期的雨云，这时一切的荆棘都化做洁净的白莲花了，好比中古时代那班圣者被残杀后所显的神迹。"最难风雨故人来"，阴森森的天气使我们更感到人世温情的可爱，替从苦雨凄风中来的朋友倒上一杯热茶时候，我们很有放下屠刀，立地成佛子的心境。"风雨如晦，鸡鸣不已"，人类真是只有从悲哀里滚出来才能得到解脱，千锤百炼，腰间才有这一把明晃晃的钢刀，"今日把似君，谁为不平事。""山雨欲来风满楼"，这很可以象征我们孑立人间，尝尽辛酸，远望来日大难的气概，真好像思乡的客子拍着阑干，看到郭外的牛羊，想起故里的田园，怀念着宿草新坟里当年的竹马之交，泪眼里仿佛模糊辨出龙钟的父老蹒跚走着，或者只瞧见几根靠在破壁上的拐杖的影子。所谓生活术恐怕就在于怎么样当这么一个临风的征人罢。无论是风雨横来，无论是澄江一练，始终好像惦记着一个花一般的家乡，那可说就是生平理想的结晶，蕴在心头的诗情，也就是明哲保身的最后壁垒了；可是同时还能够认清眼底的江山，把住自己的步骤，不管这个异地的人们是多么残酷，不管这个他乡的水土是多么不惯，却能够清瘦地站着，戛戛然好似狂风中的老树。能够忍受，却没有麻木，能够多情，却不流于感伤，仿佛楼前的春雨，悄悄下着，遮住耀目的阳光，却滋润了百草同千花，檐前的燕子躲在巢中，对着如丝如梦的细雨呢喃，真有点像也向我道出此中的消息。

可是春雨有时也凶猛得可以，风驰电掣，从高山倾泻下来也似的，万紫千红，都付诸流水，看起来好像是煞风景的，也许是别有怀抱罢。生平性急，一二知交常常焦急万分地苦口劝我，可是暗室扪心，自信绝不是追逐事功的人，不过对于纷纷扰扰的劳生却常感到厌倦，所谓性急无非是疲累的反响罢。有时我却极有耐心，好像废殿上的玻璃瓦，一任他风吹雨打，霜蚀日晒，总是那样子痴痴地望着空旷的青天。我又好像能够在没字碑面前坐下，慢慢地去冥想这块石板的深意，简直是个蒲团已碎，呆然跌坐着的老僧。想赶快将世事了结，可以抽身到紫竹林中去逍遥，跟把世事撇在一边，大隐隐于市，就站在热闹场中来仰观天上的白云，这两种心境原来是不相矛盾的。我虽然还没有，而且绝不会跳出人海的波澜，但是拳拳之意自己也略知一二，大概摆动于焦燥与倦怠之间，总以无可奈何天为中心罢。所以我虽然爱濛濛茸茸的细雨，我也爱大刀阔斧的急雨，纷至沓来，洗去阳光，同时也洗去云雾，使我们想起也许此后永无风恬日美的光阴了，也许老是一阵一阵的暴雨，将人世哀乐的踪迹都漂到大海里去，白浪一翻，什么渣滓也看不出了。焦燥同倦怠的心境在此都得到涅槃的妙悟，整个世界就像客走后，撇下筵席，洗得顶干净，排在厨房架子上的杯盘。当个主妇的创造主看着大概也会微笑罢，觉得一天的工作总算告终了。最少我常常臆想这个还了本来面目的大地。

可是最妙的境界恐怕是尺牍里面那句烂调，所谓"春雨缠绵"罢。一连下了十几天的霉雨，好像再也不会晴了，可是时时刻刻都有晴朗的可能。有时天上现出一大片的澄蓝，雨脚也慢慢收束了，忽然间又重新点滴凄清起来，那种捉摸不到，万分别扭的神情真可以做这个哑谜一般的人生的象征。记得十几年前每当连朝春雨的时候，常常剪纸作和尚形状，把他倒贴在水缸旁边，意思是叫老天不要再下雨了，虽然看到院子里雨脚下一粒一粒新生的水泡我总觉到无限的欣欢，尤其当急急走过檐前，脖子上溅几滴雨水的时候。可是那时我对于春雨的情趣是不知不觉之间领略到的，并没有凝神去寻找，等到知道怎么样去欣赏恬适的雨声时候，我却老在干燥的此地做客，单是夏天回去，看看无聊的骤雨，过一过雨瘾罢了。因此"小楼一夜听春雨"的快乐当面错过，从我指尖上滑走了。盛年时候好梦无多，到现在彩云已散，一片白茫茫，生活不着边际，如堕五里雾中，对于春雨的怅惘只好算做内中的一小节罢，可是仿佛这一点很可以代表我整个的悲哀情绪。但是我始终喜欢冥想春雨，也许因为我对于自己的愁绪很有顾惜爱抚的意思；我常常把陶诗改过来，向自己说道："衣沾不足惜，但愿恨无违"，我会爱凝恨也似的缠绵春雨，大概也因为自己有这种的心境罢。

讲 演

"你是来找我同去听讲演吗？"

"不错，去不去？"

"吓！我不是个'智识欲'极旺的青年，这么大风 —— 就是无风，我也不愿意去的。我想你也不一定是非听不可，尽可在我这儿谈一会。我虽然不是什么名人，然而我的嘴却是还在。刚才我正在想着讲演的意义，你来了，我无妨把我所胡思乱想的讲给你听，讲得自然不对，不过我们在这里买点东西吃，喝喝茶，比去在那人丛里钻个空位总好点吧。"

来客看见主人今天这么带劲地谈着，同往常那副冷淡待人的态度大不相同，心中就想在这里解闷也不错，不觉就把皮帽围巾都解去了。那房主人正忙着叫听差买栗子花生，泡茶。打发清楚后，他又继续着说：

"近来我很爱胡思乱想，但是越想越不明白一切事情的道理。

真合着那位坐在望平街高塔中，做《平等阁笔记》的主笔所谓世界中不只'无奇不有'，实在是'无有不奇'。

"Carlyle这老头子在Saitor Resartus中'自然的超自然主义'（Natural Supernaturalism）一章里头，讲自然律本身就是一个不可解的神秘，所以这老头子就觉得对于宇宙中一切物事都糊涂了。我现在也有点觉得什么事情我都不知道。比如你是知道我怕上课的，自然不会爱听讲演。然而你经过好几次失败之后，一点也不失望，还是常来找我去听讲演，这就是一个Haeckel的《宇宙之谜》所没有载的一个不可思议的事。哦！现在又要上课了，我想起来真有点害怕。吓！

"真是一年不如一年了，从前我们最高学府是没有点名的，我们很可以自由地在家里躺在床上，或者坐在炉边念书。自从那位数学教授来当注册部主任以后，我们就非天天上班不行。一个文学士是坐硬板凳坐了三千多个钟头换来的。就是打瞌睡，坐着睡那么久，也不是件容易事了。怕三千多个钟头坐得不够，还要跑去三院大礼堂，师大风雨操场去坐，这真是天下第一奇事了。所以讲演有人去听这事，我抓着头发想了好久，总不明白。若说到'民国讲演史'那是更有趣了。自从杜威先生来华以后，讲演这件事同新思潮同时流行起来。杜先生曾到敝处过，那时我还在中学读书，也曾亲耳听过，亲眼看过。印象现在已模糊了，大概只记得他说一大阵什么自治，砖头，打球，……后来我们校长以'君子不重则不威'一句话来发挥杜先生的意思。那时翻译是我们那里一个教会学堂叫做格致小学的英文先生，我们那时一面听讲，一面看那洁白的桌布，校长的新马褂，教育厅长的脸孔，杜先生的衣服……我不知道当时杜先生知道不知道Howwethink。跟着罗素来了，恍惚有人说他讲的数理哲学不大好懂。罗素去了，杜里舒又来。中国近来，文化进步得真快，讲演得真热闹，杜里舒博士在中国讲演，有十册演讲录。中间有在法政专门学校讲的细胞构造，在体育师范讲的历史哲学，在某女子中学讲的新心理学……总而言之普照十方，凡我青年，无不蒙庇。所以中国人民近来常识才有这么发达。太戈尔来京时，我也到真光去听。他的声音是很美妙。可惜我们（至少我个人）都只了解他的音乐，而对于他的意义倒有点模糊了。

"自杜先生来华后，我们国内名人的讲演也不少。我有一个同学他差不多是没有一回没去听的，所以我送他一个'听讲博士'的绰号，他的'智识欲'真同火焰山一样的热烈。

"他当没有讲演听的时候只好打呵欠，他这样下去，还怕不博学得同哥德，斯忒林堡一样。据他说近来很多团体因为学校太迟开课发起好几个讲演会，他自然都去听了。他听有'中国工会问题'，'一个新实在论的人生观'，'中外戏剧的比较'，'中国宪法问题'，'二十世纪初叶的教育'……我问他他们讲的什么，他说我听得太多也记不清了，我家里有一本簿子上面贴有一切在副刊记的讲演辞，你一看就明白了。他怕人家记得不对，每回要亲身去听，又恐怕自己听不清楚，又把人家记的收集来，这种精益求精的精神，是值得我们模仿的，不过我很替他们担心。讲演者费了半月工夫，迟睡早起，茶饭无心，预备好一篇演稿来讲。我们坐洋车赶去听，只恐太迟了，老是催车夫走快，车夫固然是汗流浃背，我们也心如小鹿乱撞。好，到了，又要往人群里东瞧西看，找位子，招呼朋友，忙了一阵，才鸦雀无声地听讲了。听的时候又要把我们所知道的关于工会，宪法，人生观，戏剧，教育的智识整理好来吸收这新意思。讲完了，人又波涛浪涌地挤出来。若使在这当儿，把所听的也挤出来，那就糟糕了。

"我总有一种偏见：以为这种Public-lecture-mania是一种Yankee-disease。他们同我们是很要好的，所以我们不知不觉就染了他们的习惯。他们是一种开会，听讲，说笑话的民族。加拿大文学家Stepken Leacock在他的My Discovery of England里曾说过美国学生把教授的讲演看得非常重要，而英国牛津大学学生就不把lecture当作一回事，他又称赞牛津大学学生程度之好。真的我也总怀一种怪意思，因为怕挨骂所以从来不告人，今日无妨同你一讲。请你别告诉人。我想真要得智识，求点学问，不只那东鳞西爪吉光片羽的讲演不济事，就是上堂听讲也无大意思。教授尽可把要讲的印出来，也免得我们天天冒风雪上堂。真真要读书只好在床上，炉旁，烟雾中，酒瓶边，这才能领略出味道来。所以历来真文豪都是爱逃学的。至于Swift的厌课程，Gibbon在自传里骂教授，那又是绅士们所不齿的，……"

他讲到这里，人也倦了，就停一下，看桌子上栗子花生也吃完，茶也冷了。他的朋友就很快地讲："我们学理科的是非上堂不行的。"

"一行只管一行，我原是只讲学文科的。不要离题跑野马，还是谈讲演吧，我前二天看Mac Dougall的《群众心理》，他说我们有一种本能叫做'爱群本能'（Gregariousin stinct），他说多数人不是为看戏而去戏院，是要去人多地方而去戏院。干脆一句话，人是爱向人丛里钻的。你看他的话对不对？"

他忽然跳起，抓着帽和围巾就走，一面说道："糟！我还有一位朋友，他也要去三院瞧热闹，我跑来这儿谈天，把他在家里倒等得慌了。"

十五年十一月十九日于北大西斋。

梁遇春

散文精品

第三辑

醉中梦话（一）

生平不常喝酒，从来没有醉过。并非自夸量大，实是因为胆小，那敢多灌黄汤。梦却夜夜都做。梦里未必说话，醉中梦话云者，装糊涂，假痴聋，免得"文责自负"云尔。

一、笑

吴老头说文学家都是疯子，我想哲学家多半是傻子，不懂得人生的味道。举个例罢：鼎鼎大名的霍布士（Hobbes）说过笑全是由我们的骄傲来的。这种傻话实在只有哲学家才会讲的。或者是因为英国国民性阴鸷不会笑，所以有这样哲学家。有人说英国人勉强笑的样子同哭一样。实在我们现在中国人何尝不是这样呢？前星期日同两个同学在中央公园喝茶，坐了四五个钟头，听不到一点痛快的笑声，只看见好多皮笑肉不笑，肉笑心不笑的呆脸。戏场尚如是，别的地方更不用说了。我们的人生态度是不进不退，既不高兴地笑，也不号啕地哭，总是这么呆着，是谓之曰"中庸"。

有很多人以为捧腹大笑有损于上流人的威严，而是件粗鄙的事，所以有"咽欢装泪"摆出孤哀子神气。可是真真把人生的意义细细咀嚼过的人是晓得笑的价值的，Carlyle是个有名宣扬劳工福音的人，一个勇敢的战士，他却说一个人若使有真真地笑过一回，这人绝不是坏人。的确只有对生活觉得有丰溢的趣味，心地坦白，精神健康的人才会真真地笑，而真真地曲背弯腰把眼泪都挤出笑后，精神会觉得提高，心情忽然恢复小孩似的天真烂漫。常常发笑的人对于生活是同情的，他看出人类共同的弱点，事实与理想的不同，他哈哈地笑了。他并不是觉得自己比别人高明（所谓骄傲）才笑，他只看得有趣，因此禁不住笑着。会笑的人思想是雪一般白的，不容易有什么狂性，夸大狂同书狂。James M.Barrie在他有名的Peter Pan里述一个天真烂漫的小姑娘问那晚上由窗户飞进来的仙童，神仙是怎样生来的，他答道当世界上头一个小孩第一次大笑时候，他的笑声化作一千片，每片在空中跳舞着，后来片片全变做神仙了，这是神仙的起源。这种仙人实是比我们由丹房熏焦了白日飞升的漂亮得多了。

什么是人呢？希腊一个哲学家说人是两个足没有毛的动物。后来一位同他开玩笑的朋友把一个鸡拔去毛，放在他面前，问他这是不是人，有人说人是理性的动物。但什么是理性呢？这太玄了，我们不懂。又有一个哲学家说人是能够煮东西的动物。我自己煮饭会焦，炒菜不烂，所以觉得这话也不大对。法国一个学者说人是会笑的动物。这话就入木三分了。Hazlitt也说人是惟一会笑会哭的动物。所以笑者，其为人之本欤？

自从我国"文艺复兴"（这四字真典雅堂皇）以后，许多人都来提倡血泪文学，写实文学，唯美派……总之没有人提倡无害的笑。现在文坛上，常见一大丛戴着桂冠的诗人，把他"灰色的灵魂"，不是献给爱人，就送与Satan。近来又有人主张幽默，播扬嘴角微笑。微笑自然是好的。"拈花微笑"，这是何等境界。Emerson并且说微笑比大笑还好。不过平淡无奇的乡老般的大笑都办不到，忽谈起艺术的微笑，这未免是拿了一双老年四楞象牙镶金的筷子与刘老老了。我要借Maxim Gorky的话评中国的现状了。他说："你能够对人引出一种充满生活快乐，同时提高精神的笑么？看，人已经忘却好的有益的笑了！"

在我们这个空气沉闷的国度里，触目都是贫乏同困痛，更要保持这笑声，来维持我们的精神，使不至于麻木沉到失望深渊里。当Charlotte Bronte失了两个亲爱的姊妹，忧愁不堪时候，她写她那含最多日光同笑声的"Shirley"。Cowper烦闷得快疯了时候，他整晚吃吃地笑在床上做他的杰作《痴汉骑马》歌（John Gilpin）。Gorky身尝忧患，屡次同游民为伍的，所以他也特别懂得笑的价值。

近来有好几个民众故事集出版，这是再好没有的事。

希望大家不要摆出什么民俗学者的脸孔，一定拿放在解剖桌去分剖，何妨就跟着民众笑一下，然礼失而求之于野，亦可以浩叹矣。

二、做文章同用力气

从前自认"舍大道而不由"的胡适之先生近来也有些上了康庄大道，言语稳重了好多。在《现代评论》一百十九期写给"浩徐"的信里，胡先生说："我总想对国内有志作好文章的少年们说两句忠告的话，第一，做文章是要用力气的……"。这句话大概总是天经地义罢，可是我觉得这种话未免太正而不邪些。仿佛有一个英国人（名字却记不清了）说When the aouthorhas a happy time in writing book,then the reader enjoys a happy time in reading it.（句子也记不清了，大概是这样罢。）真的，一个作家抓着头发，皱着眉头，费九牛二虎之力作出来东西，有时倒卖力气不讨好，反不如随随便便懒惰汉的文章之淡妆粗衣那么动人。所以有好多信札日记，写时不大用心，而后世看来倒另有一种风韵。Pepys用他自己的暗号写日记，自然不想印出给人看的，他每晚背着他那法国太太写几句，更谈不上什么用力气了，然而我们看他日记中间所记的同女仆调情，怎么买个新表时时刻刻拿出玩弄，早上躺在床上同他夫人谈天是如何有趣味，我们却以为这本起居注比那日记体的小说都高明。Charles Lamb的信何等脍炙人口，Cowper的信多么自然轻妙，Dobson叫他做A humorist in a nightcap（着睡帽的滑稽家），这类"信手拈来，都成妙谛"的文字都是不用力气的，所以能够清丽可人，好似不吃人间烟火。有名的Samuel Johnson的文章字句都极堂皇，却不是第一流的散文，而他说的话，给Boswell记下的，句句都是漂亮的，显明地表现出他的人格，可见有时冲口出来的比苦心构造的还高一等。Coleridge是一个有名会说话的人，但是我每回念他那生硬的文章，老想哭起来，大概也是因为他说话不比做文章费力气罢。Walter Pater一篇文章改了几十遍，力气是花到家了，音调也铿锵可听，却带了矫揉造作的痕迹，反不如因为没钱逼着非写文章不可的Oldsmith的自然的美了。Goldsmith作文是不大费力气的。Harrison却说他的《威克斐牧师传》是The high-water mark of English。实在说起来，文章中一个要紧的成分是自然（ease），我们中国近来白话文最缺乏的东西是风韵（charm）。

胡先生以为近来青年大多是随笔乱写，我却想近来好多文章是太费力气，故意说俏皮话，拼命堆砌。Sir A. Helps说做文章的最大毛病是可省的地方，不知道省。他说把一篇不好文章拿来，将所有的noun，verb，abjective，都删去一大部分，一切adverb全不要，结果是一篇不十分坏的文章。若使我是胡先生，我一定劝年青作家少费些力气，自然点罢，因为越是费力气，常反得不到ease同charm了。

若使因为年青人力气太足，非用不可，那么用来去求ease同

charm也行，同近来很时髦essayist Lucas等学Lamb一样。可是卖力气的理想目的是使人家看不出卖力气的痕迹。我们理想中的用气力做出的文章是天衣无缝，看不出是雕琢的，所以一瞧就知道是篇用力气做的文章，是坏的文章，没有去学的必要，真真值得读的文章却反是那些好像不用气力做的。对于胡先生的第二句忠告，（第二，在现时的作品里，应该拣选那些用气力做的文章做样子，不可挑那些一时游戏的作品，）我们因此也不得不取个怀疑态度了。

胡先生说"不可挑那些一时游戏的作品"，使我忆起一段文场佳话。专会瞎扯的Leigh Hunt有一回由Macaulay介绍，投稿到The Edinburgh Reviemw，碰个大钉子，原稿退还，主笔先生请他另写点绅士样子的文章（Sonething gen gentl eman-like），不要那么随便谈天。胡适之先生到底也免不了有些高眉（High-browed）长脸孔（Long-faced）了，还好胡子早刮去了，所以文章里还留有些笑脸。

三、抄两句爵士说的活

近来平安映演笠顿爵士（Lord Lytton）的《邦沛之末日》（Las days of Pompei）我很想去看，但是怕夜深寒重，又感冒起来。一个人在北京是没有病的资格的。因为不敢病，连这名片也牺牲不看了。可是爵士这名字总盘旋在脑中。今天忽然记起他说的两句话，虽然说不清是在那一本书会过，但这是他说的，我却记得千真万确，可以人格担保。他说："你要想得新意思吧？请去读旧书；你要找旧的见解吧？请你看新出版的。"（Do you want to get at new ideas?read old books;do you want to find old idea?read new ones.）我想这对于现在一般犯"时代狂"的人是一服清凉散。我特地引这两句话的意思也不过如是，并非对国故党欲有所建功的，恐怕神经过敏者随便株连，所以郑重地声明一下。

十六年清明前两日，于北京。

"还我头来"及其他

　　关云长兵败麦城，虽然首级给人拿去招安，可是英灵不散，吾舌尚存，还到玉泉山，向和尚诉冤，大喊什么"还我头来！"这是多么惊心动魄的事，万想不到我现在也来发出同样阴惨的呼声。

　　但是我并非爱做古人的鹦鹉，实在有不得已的苦衷，在所谓最高学府里头，上堂，吃饭，睡觉，匆匆地过了五年，到底学到了什么，自己实在很怀疑。然而一同同学们和别的大学中学的学生接近，常感觉到他们是全知的——人们，（差不多要写做上帝了。）他们多数对于一切大大小小长长短短的问题，都有一定的意见，说起来滔滔不绝，这是何等可羡慕的事。他们知道宗教是应当"非"的，孔丘是要打倒的，东方文化根本要不得，文学是苏俄最高明，小中大学都非专教白话文不可，文学是进化的（因为胡适先生有一篇文学进化论），行为派心理学是惟一的心理学，哲学是要立在科学上面的，新的一定是好，一切旧的总该打倒，以至恋爱问题女子解放问题……他们头头是道，十八般武艺无一不知。鲁拙的我看着不免有无限的羡慕同妒忌。更使我赞美的是他们的态度，观察点总是大同小异——简直是全同无异。有时我精神疲倦，不注意些，就分不出是谁在那儿说话。我从前老想大学生是有思想的人，各个性格不同，意见难免分歧，现在一看这种融融泄泄的空气，才明白我是杞人忧天。不过凡庸的我有时试把他们所说的话，拿来仔细想一下，总觉头绪纷纷，不是我一个人的力几秒钟的时间所能了解。有时尝尽艰难，打破我这愚拙的网，将一个问题，从头到尾，好好想一下，结果却常是找不出自己十分满意解决的方法，只好归咎到自己能力的薄弱了。有时学他们所说的，照样向旁人说一下，因此倒得到些恭维的话，说我思想进步。荣誉虽然得到，心中却觉惭愧，怕的是这样下去，满口只会说别人懂（？）自己不懂的话。随和是做人最好的态度，为了他人，失了自己，也是有牺牲精神的人做的事；不过这么一来，自己的头一部一部消灭了，那岂不是个伤心的事情吗？

由赞美到妒忌，由妒忌到诽谤是很短的路。人非圣贤，谁能无过，我有时也免不了随意乱骂了。一回我同朋友谈天，我引美国Cabell说的话来泄心中的积愤，我朋友或者猜出我老羞成怒的动机，看我一眼，我也只好住口了。现在他不在这儿，何妨将Cabell话译出，泄当时未泄的气。Cabell在他那本怪书，名字叫做《不朽》Beyond Life中间说："印刷发明后，思想传布是这么方便，人们不要麻烦费心思，就可得到很有用的意见。从那时候起很少人高兴去用脑力，伤害自己的脑。"

Cabell在现在美国，还高谈Romance，提倡吃酒，本来是个狂生，他的话自然是无足轻重的，只好借来发点牢骚不平罢！

以上所说的是自己有愿意把头弄掉，去换几个时髦的字眼的危险。此外在我们青年旁边想用快刀阔斧来取我们的头者又大有人在。思想界的权威者无往而不用其权威来做他的文力统一。从前晨报副刊登载青年必读书十种时候，我曾经摇过头。所以摇头者，一方面表示不满意，一方面也可使自己相信我的头还没有被斩。这十种既是青年所必读，那么不去读的就不好算做青年了。年纪轻轻就失掉了做青年的资格，这岂不是等于不得保首级。回想二三十年前英国也有这种开书单的风气。但是Lord Avebury在他《人生乐趣》（The Pleasure of Life）里所开的书单的题目不过是"百本书目表"（List of loo Books）。此外Lord Acton，Shorter等所开者，标题皆用此。彼等以爵士之尊，说话尚且这么谦虚，不用什么"必读"等命令式字眼，真使我不得不佩服西人客气的精神了。想不到后来每况愈下，梁启超先生开个书单，就说没有念过他所开的书的人不是中国人，那种办法完全是青天白日当街杀人刽子手的行为了。胡适先生在《现代评论》曾说他治哲学史的方法是惟一无二的路，凡同他不同的都会失败。我从前曾想抱尝试的精神，怀疑的态度，去读哲学，因为胡先生说过真理不是绝对的，中间很有商量余地，所以打算舍胡先生的大道而不由，另找个羊肠小径来。现在给胡先生这么当头棒喝，只好摆开梦想，摇一下头 —— 看还在没有。总之在旁边窥伺我们的头者，大有人在，所以我暑假间赶紧离开学府，万里奔波，回家来好好保养这六斤四的头。

所以"还我头来"是我的口号，我以后也只愿说几句自己确实明白了解的话，不去高攀，谈什么问题主义，免得跌重。说的话自然平淡凡庸或者反因为它的平淡凡庸而深深地表现出我的性格，因为平淡凡庸的话只有我这鲁拙的人，才能够说出的。无论如何总不至于失掉了头。

末了，让我抄几句Amauld在Port-Royal Logic里面的话，来做结束罢。

"我们太容易将理智只当做求科学智识的工具，实在我们应该用科学来做完成我们理智的工具；思想的正确是比我们由最有根据的科学所得来一切的智识都要紧得多。"

中国普通一般自命为名士才子之流，到了风景清幽地方，一定照例地说若使能够在此读书，才是不辜负此生。由这点就可看出他们是不能真真鉴赏山水的美处。读书是一件乐事，游山玩水也是一件乐事。若使当读书时候，一心想什么飞瀑松声绝崖远眺，我们相信他读书趣味一定不浓厚，同样地若使当看到好风景时候，不将一己投到自然怀中，热烈领会生存之美，却来排名士架子，说出不冷不热的套话，我们也知道他实在不能够吸收自然无限的美。我一想到这事，每每记起英国大诗人Chau Cer的几行诗（这几行是我深信能懂的，其余文字太古了，实在不知道清楚）。他说：

"When that the monthe of May is comen, and that I here the foules synge, And that the flouves gynnen for to sprynge, Farurl my boke and my devocon."
Legende of good women.

大意是当五月来的时候，我听到鸟唱，花也渐渐为春天开，我就向我的书籍同宗教告别了。要有这样的热诚才能得真正的趣味。徐旭生先生说中国人缺乏enthusiasm，这句话真值得一百圈。实在中国人不止对重要事没有enthusiasm，就是关于游戏也是取一种逢场作戏随便玩玩的态度，对于一切娱乐事情总没有什么无限的兴味。闭口消遣，开口销愁，全失丢人生的乐趣，因为人生乐趣多存在对于一切零碎事物普通游戏感觉无穷的趣味。要常常使生活活泼生姿，一定要对极微末的娱乐也全心一意地看重，热烈地将一己忘掉在里头。比如要谈天，那么就老老实实说心中自己的话，不把通常流俗的意见，你说过来，我答过去地敷衍。这样子谈天也有真趣，不至像刻板文章，然而多数人谈天总是一副皮面话，听得真使人难过。关于说到这点的文章，我最爱读兰姆（Lamb）的Mrs.Battle, sopinions on Whist。那是一篇游戏的福音，可惜文字太妙了，不敢动笔翻译。再抄一句直腿者流的话来说明我的鄙见罢。A-C.Berson在From a College Wirdcw里说：

"一个人对于游戏的态度愈是郑重，游戏就越会有趣。"

因为我们对于一切都是有些麻木，所以每回游玩山水，只好借几句陈语来遮饰我们心理的空虚。为维持面子的缘故，渐渐造成虚伪的习惯，所以智识阶级特别多伪君子，也因为他们对面子特别看重。他们既然对自然对人情不能够深切地欣赏，只好将快乐全放在淫欲虚荣权力钱财……这方面。这总是不知生活术的结果。

有人说，我们向文学求我们自己所缺的东西，这自然是主张浪漫派人的说法，可是也有些道理。我们若使不是麻木不仁，对于自己缺点总特别深切地感觉。所以对没有缺点的人常有过量的赞美，而对于有同一缺点的人，反不能加以原谅。Turgeniev自己意志薄弱，是Hamlet一流人物，他的小说描写当时俄国智识阶级意志薄弱也特别动人。Hazlitt自己脾气极坏，可是对心性慈悲什么事也不计较的Gold Smith却啧啧称美。朋友的结合，因为二人同心一意虽多，而因为性质正相反也不少。为的各有缺点各有优点，并且这个所没有的那个有，那个自己惭愧所少的，这个又有，所以互相吸引力特别重。心思精密的管仲同性情宽大的鲍叔，友谊特别重；拘谨守礼的Addison和放荡不羁的Steele，厚重老成的Southey，和吃大烟什么也不管的Coleridge也都是性情相背，居然成历史上有名友谊的榜样。老先生们自己道德一塌糊涂，却口口声声说道德，或者也是因为自己缺乏，所以特别觉得重要。我相信天下没有那么多伪君子，无非是无意中行为同口说的矛盾罢了。

我相信真真了解下层社会情形的作家，不会费笔墨去写他们物质生活的艰苦，却去描写他们生活的单调，精神奴化的经过，命定的思想，思想的迟钝，失望的麻木，或者反抗的精神，蔑视一切的勇气，穷里寻欢，泪中求笑的心情。不过这种细密精致的地方，不是亲身尝过的人像Dostoievski，Gorki不能够说出，出身纨绔的青年文学家，还是扯开仁人君子的假面，讲几句真话罢！

　　因为人是人，所以我们总觉人比事情要紧，在小说里描状个人性格的比专述事情的印象会深得多。这是一件非常明显的事，然而近来所看的短篇小说多是叙一两段情史，用几十个风花雪月字眼，真使人失望。希望新文豪少顾些结构，多注意点性格。Tolstoy的《伊凡伊列支之死》，Conrod的Lordjim都是没有多少事实的小说，也都是有名的杰作。

十六年七月六日，于福州。

人死观

    恍惚前二三年有许多学者热烈地讨论人生观这个问题，后来忽然又都搁笔不说，大概是因为问题已经解决了罢！到底他们的判决词是怎么样，我当时也有些概念，可惜近来心中总是给一个莫明其妙不可思议的烦闷罩着，把学者们拼命争得的真理也忘记了。这么一来，我对于学者们只可面红耳热地认做不足教的蠢货；可是对于我自己也要找些安慰的话，使这彷徨无依黑云包着的空虚的心不至于再加些追悔的负担。人生观中间的一个重要问题不是人生的目的么？可是我们生下来并不是自己情愿的，或者还是万不得已的，所以小孩一落地免不了娇啼几下。既然不是出自我们自己意志要生下来的，我们又怎么能够知道人生的目的呢？湘鄂的土豪劣绅给人拿去游街，他自己是毫无目的，并且他也未必想去明白游街的意义。小河是不得不流自然而然地流着，它自身却什么意义都没有，虽然它也曾带瓣落花到汪洋无边的海里，也曾带爱人的眼泪到他的爱人的眼前。勃浪宁把我们比做大匠轮上滚成的花瓶。我客厅里有一个假康熙彩的大花瓶,我对它发呆地问它的意义几百回,它总是呆呆地站着,说不出一句话来。但是我却知道花瓶的目的同用处。人生的意义,或者只有上帝才晓得吧!还有些半疯不疯的哲学家高唱"人生本无意义,让我们自己做些意义。"梦是随人爱怎么做就怎么做的,不过我想梦最终脱不了是一个梦罢,黄粱不会老煮不熟的。

生不是由我们自己发动的,死却常常是我们自己去找的。自然在世界上多数人是"寿终正寝"的,可是自杀的也不少,或者是因为生活的压迫,也有是怕现在的快乐不能够继续下去而想借死来消灭将来的不幸,像一对夫妇感情极好却双双服毒同尽的(在嫖客娼妓中间更多),这些人都是以口问心,以心问口商量好去找死的。所以死对他们是有意义的,而且他们是看出些死的意义的人。我们既然在人生观这个迷园里走了许久,何妨到人死观来瞧一瞧呢。可惜"君子见其生不忍见其死",所以学者既不摇旗呐喊在前,高唱各种人死观的论调,青年们也无从追随奔走在后。"天下兴亡,匹夫有责",因此我做这部人死观,无非出自抛砖引玉的野心,希望能够动学者的心,对人死观也在切实研究之后,下个放之四海而皆准的判断。

若使生同死是我们的父母 —— 不,我们不这样说,我们要征服自然 —— 若使生同死是我们的子女,那么死一定会努着嘴抱怨我们偏心,只知道"生"不管"死",一心一意都花在生上面。真的,不止我们平常时都是想着生。Hazlitt死时候说:"好吧!我有过快乐的一生"("Well, I've had a happy life."),他并没想死是怎么一回事。Charlotte Bronte临终时候还对她的丈夫说:"呵,我现在是不会死的,我会不死吗?上帝不至于分开我们,我们是这么快乐。"("Oh! I am not going to die, am I? He will not seperateus, we have been so happy.")这真是不到黄河心不死。为什么我们这么留恋着生，不肯把死的神秘想一下呢？并且有时就是正在冥想死的伟大，何曾是确实把死的实质拿来咀嚼，无非还是向生方面着想，看一下死对于生的权威。做官做不大，发财发不多，打战打败仗，于是乎叹一口气说："千古英雄同一死！"和"自古皆有死，莫不饮恨而吞声，任他生前何等威风赫赫，死后也是一样的寂寞"。这些话并不是真的对于死有什么了解，实在是怀着嫉妒，心惦着生，说风凉话，解一解怨气。在这里生对死，是借他人之纸笔，发自己之牢骚。死是在那里给人利用做抓爆栗子的猫脚爪，生却嘻皮涎脸地站在旁边受用。

让我翻一段Sir W.Raleigh在《世界史》（The History of the Word）里的话来代表普通人对于死的观念罢。"只有死才能够使人了解自己，指示给骄傲人看他也不过是个普通人，使他厌恶过去的快乐；他证明富人是个穷光蛋，除壅塞在他口里的沙砾外，什么东西对他都没有意义；当他举起他的镜在绝色美人面前，他们看见承认自己的毛病同腐朽。呵！能够动人，公平同有力的死呀，谁也不能劝服的你能够说服；谁也不敢想做的事，你做了；全世界所谄媚的人，你把他掷在世界以外，看不起他：你曾把人们的一切伟大，骄傲，残忍，雄心集在一块，用小小两个字'躺在这里'盖尽一切。"

Death alone can make man know himself, show the proud and insolenent that he is but object, and can make him hate his forepassee happiness; the rich man be proved a naked beggar, which hath interest in nothing but the gravel that fills his mouth; and when he holds his glas before the eves of the most beautiful, they see and acknowledge their own deforrmity and rottenness.Oeloquent, just and mighty death whom none couldadvise, thouhas tpersuaded; what none hath presumed, thou has tcast out of the world and despised: thou hast drawn together all the extravagant greatness, all the pride, crueltyand ambition of man, and covered all over withith two narrowwords: "Hic jacet".

这里所说的是平常人对于死的意见，不过用伊利沙白时代文体来写壮丽点，但是我们若使把它细看一番，就知道里头只含了对生之无常同生之无意义的感慨，而对着死国里的消息并没有丝毫透露出来。所以倒不如叫做生之哀辞，比死之冥想还好些。一般人口头里所说关于死的思想，剥丝抽茧看起来，中间只包了生的意志，那里是老老实实的人死观呢。

庸人不足论，让我们来看一看沉着声音，两眼渺茫地望着青天的宗教家的话。他们在生之后编了一本"续编"。天堂地狱也不过如此如此。生与死给他们看来好似河岸的风景同水中反映的影景一样，不过映在水中的经过绿水特别具一种缥缈空灵之美。不管他们说的来生是不是镜花水月，但是他们所说死后的情形太似生时，使我们心中有些疑惑。因为若使死真是不过一种演不断的剧中一会的闭幕，等会笛鸣幕开，仍然续演，那么死对于我们绝对不会有这么神秘似的，而幽明之隔，也不至于到现在还没有一线的消息。科学家对死这问题，含糊说了两句不负责任的话，而科学家却常常仍旧安身立命于宗教上面。而宗教家对死又是不敢正视，只用着生的现象反映在他们西洋镜，做成八宝楼台。说来说去还在执著人生观，用遁辞来敷衍人死观。

还有好多人一说到死就只想将死时候的苦痛。George Gissing在他的《草堂随笔》（The Private Papers of Henry Ryrcroft.）说生之停止不能够使他恐怖，在床上久病却使他想起会害怕。当该萨Caesar被暗杀前一夕，有人问那种死法最好，他说"要最仓猝迅速的！"（That which should bemostsudden!）疾病苦痛是生的一部分，同死的实质满不相干。

以上这两位小窃军阀说的话还是人生观，并不能对死有什么真了解。

为什么人死观老是不能成立呢？为什么谁一说到死就想起生，

由是眼睛注着生噜噜嗦嗦说一阵遁辞，而不抓着死来考究一下呢？约翰生Johnson曾对Boswell说：“我们一生只在想离开死的思想。”（“The whole of life is but keeping away the thought of death.”）死是这么一个可怕着摸不到的东西，我们总是设法回避它，或者将生死两个意义混起，做成一种骗自己的幻觉。可是我相信死绝对不是这么简单乏味的东西。Andreyev是窥得点死的意义的人。他写Lazarus来象征死的可怕，写《七个缢死的人》（The seven that were hanged）来表示死对于人心理的影响。虽然这两篇东西我们看着都会害怕，它们中间都有一段新奇耀目的美。Christina Rossetti，Edgar Allan poe，Ambrose Bierce同Lord Dusang对着死的本质也有相当的了解，所以他们著作里面说到死常常有种凄凉灰白色的美。有人解释Andreyev，说他身旁四面都被围墙围着，而在好多墙之外有一个一切墙的墙 —— 那就是死。我相信在这一切墙的墙外面有无限的风光，那里有说不出的好境，想不来的情调。我们对生既然觉得二十四分的单调同乏味，为什么不勇敢地放下一切对生留恋的心思，深深地默想死的滋味。压下一切懦弱无用的恐怖，来对死的本体睐着细看一番。我平常看到骸骨总觉有一种不可名言的痛快，它是这么光着，毫无所怕地站在你面前。我真想抱着他来探一探它的神秘，或者我身里的骨，会同他有共鸣的现象，能够得到一种新的发现。骸骨不过是死宫的门，已经给我们这种无量的欢悦，我们为什么不漫步到宫里，看那千奇万怪的建筑呢。最少我们能够因此遁了生之无聊ennui的压迫，De Quincy只将“猝死”、“暗杀”……当作艺术看，就现出了一片瑰奇伟丽的境界。何况我们把整个死来默想着呢？来，让我们这会死的凡人来客观地细玩死的滋味：我们来想死后灵魂不灭，老是这么活下去，没有了期的烦恼；再让我们来细味死后什么都完了，就归到没有了的可哀；永生同灭绝是一个极有趣味的dilemma，我们尽可和死亲昵着，赞美这个dilemma做得这么完美无疵，何必提到死就两对牙齿打战呢？人生观这把戏，我们玩得可厌了，换个花头吧，大家来建设个好好的人死观。

在Carlyle的The life of john Sterling中有一封Sterling在病快死时候写给Carlyle的信，中间说：

"它（死）是很奇怪的东西，但是还没有旁观者所觉得的可悲的百分之一。"

"It is allvery strange，but not one hundredthpart so sad as it seems to thestanders-by."

十六年八月三日于福州Sweet Home.

查理斯·兰姆评传

　　"它在柔美风韵之外，还带有一种描写不出奇异的美；甜蜜的，迷人的，最引人发笑的，然而是这样地动人的情绪又会使人心酸。" —— Hawthorne Marble Faun.

　　传说火葬之后，心还不会烧化的雪莱，曾悱恻地唱："我堕在人生荆棘上面！我流血了！"人生路上到处都长着荆棘，这是无可讳言的事实。但是我们要怎么样才能够避免常常被刺，就是万不得已皮肤给那尖硬的木针抓破了，我们要去那里找止血的灵药呢？一切恋着人生的人，对这问题都觉有细想的必要。查理斯·兰姆是解决这个问题最好的导师。George Eliot在那使她失丢青春的长篇小说Romola里面说"生命没有给人一种它自己医不好的创伤"。兰姆的一生是证明这句话最好的例，而且由他的作品，我们可以学到很多精妙的生活术。

　　查理斯·兰姆 —— Coleridge叫他做"心地温和"的查理

斯——在一七七五年二月十八日生于伦敦。他父亲是一个性情慈爱诸事随便的律师，Samuel Salt的像仆人不是仆人，说书记又非书记式的雇员。他父亲约翰·兰姆做人忠厚慷慨，很得他主人的信任。兰姆的幼年就住在这个律师所住的寺院里，八岁进基督学校Christ Hospital受古典教育，到十五岁就离开学校去做事来持家了。基督学校的房子本来也是中古时代一个修道院，所以他十四年都是在寺院中过去的。他那本来易感沉闷的心情，再受这寺院中寂静恬适的空气的影响，更使他耽于思索不爱干事了。他在学校时候与浪漫派诗人和批评家S.T.Coleridge订交，他们的交谊继续五十年，没有一些破裂。兰姆这几年学校生活可以说是他环境最好的时期。他十五岁就在南海公司做书记，过两年转到东印度公司会计课办事，在那里过记账生活三十三年，才得养老金回家过闲暇时光。不止他中年这么劳苦，他年青时候还遇着了极不幸的事。当他二十一岁时候，他同一位名叫Ann Simmons姑娘发生爱情，后来失恋了，他得了疯病，在疯人院过了六个礼拜。他出院没有多久，比他长十岁的姊姊玛利兰姆一天忽然发狂起来，拿桌上餐刀要刺一女仆，当她母亲来劝止时候，她母亲被误杀了。玛利自然立刻关在疯人院了。后来玛利虽然经法庭判做无罪，但是对于玛利将来生活问题，兰姆却有许多踌躇。玛利在她母亲死后没有多久时候渐渐地好了，若使把她接回家中住，老父是不答应的，把一个精神健全，不过一年有几天神经会错乱的人关在疯人院里，兰姆觉得是太残酷了。并且玛利是个极聪明知理的女子，同他非常友爱，所以只有在外面另赁房子一个办法。不过兰姆以前入仅敷出，虽然有位哥哥，可是这个大哥自私自利只注意自己的脚痛，别的什么也不管，而且坚持将玛利永久关在疯人院里，兰姆在这万分困难环境之下，定个决心，将玛利由疯人院领出，保证他自己一生都看护她。他恐怕结婚会使他对于玛利招扶不周到，他自定终身不娶。一个二十一岁青年已背上这么重负担，有这么凄惨的事情占在记忆中间，也可谓极人生的悲哀了。不久他父亲死了。以后他天天忙着公司办事，回家陪伴姊姊，有时还要做些文章，得点钱，来勉强维持家用。玛利有时疯病复发，当有些预征时候，他携着她的手，含一泡眼泪送入疯人院去，他一人回到家里痴痴地愁闷。在这许多困苦中间，兰姆全靠着他的美妙乐天的心灵同几个知心朋友Wirdswirth，Coleridge，Hazlttt，Manning，Rickman，Earton Burney，Carey等的安慰来支持着。他虽然厌恶工作，可是当他得年金后，因为工作已成种习惯，所以他又有无聊空虚的愁苦了。又加以他好友Coleridge的死，他晚年生活更形黯淡。

在一八三四年五月二十日他就死了。他姊姊老是在半知觉状态之下，还活十三年。这是和他的计划相反的，因为他希望他能够比他姊姊后死，免得她一个人在世上过凄凉的生活。他所有的著作都是忙里偷闲做的。

人生的内容是这样子纷纭错杂、毫无头绪，除了大天才像莎士比亚这般人外多半都只看人生的一方面。有的理想主义者不看人生，只在那里做他的好梦，天天过云雾里生活，Emerson是个好例。也有明知人生里充满了缺陷同丑恶，却掉过头来专向太阳照到地方注目，满口歌颂自然人生的美，努力去忘记一切他所不愿意有的事情，十九世纪末叶英国有名散文家John Brown医生属于这一类。还有一种人整个心给人世各种龌龊事扰乱了，对于一切虚伪，残酷，麻木，无耻攻击同厌恶得太厉害了，仿佛世上只有毒蛇猛兽，所有歌鸟吟虫全忘记了。斯夫特主教同近代小说家Butler都是这一类人。他们用显微镜来观察人生的斑点，弄得只看见缺陷，所以斯夫特只好疯了。以上三种人，第一种痴人说梦，根本上就不知道人生是怎么一回事，第二种人躲避人生，没有胆量正正地睁着人生，既是缺乏勇气，而且这样同人生捉迷藏，也抓不到人生真正乐趣。若使不愿意看人生缺陷同丑恶，而人生缺陷同丑恶偏排在眼前，那又要怎么好呢？第三种人诅咒人生，当他漫骂时候，把一切快乐都一笔勾销了。只有真真地跑到生活里面，把一切事都用宽大通达的眼光来细细咀嚼一番，好的自然赞美，缺陷里头也要去找出美点出来；或者用法子来解释，使这缺陷不令人讨厌，这种态度才能够使我们在人生途上受最少的苦痛，也是止血的妙方。要得这种态度，最重要的是广大无边的同情心。那是能够对于人们所有举动都明白其所以然；因为同是人类，只要我们能够虚心，各种人们动作，我们全能找出可原谅的地方。因为我们自己也有做各种错事的可能，所以更有原谅他人的必要。真正的同情是会体贴别人的苦衷，设身处地去想一下，不是仅仅容忍就算了。用这样眼光去观察世态，自然只有欣欢的同情，真挚的怜悯，博大的宽容，而只觉得一切的可爱，自己生活也增加了无限的趣味了。兰姆是有这精神的一个人。有一回一个朋友问他恨不恨某人，他答道：“我怎么能恨他呢？我不是认得他？我从来不能恨我认识过的人。”他年青的时候曾在一篇叫做《伦敦人》上面说：“很常当我在家觉得烦腻或者愁倦，我跑到伦敦的热闹大街上，任情观察，等到我的双颊给眼泪淌湿，因为对着伦敦无时不有像哑剧各幕的动人拥挤的景况的同情。”在一篇杂感上他又说：“在大家全厌弃的坏人的性格上发现出好点来，这是件非常高兴的事，只要找出一些同普通人相同的地方就够了。从我知道他爱吃南野的羊肉起，我对Wilks也没有十分坏的意见。”兰姆不求坏人别有什么过人地方，然后才去原谅，止要有带些人性，他的心立刻软下去。他到处体贴人情，没有时候忘记自己也是个会做错事说错话的人，所以他无论看什么，心中总是春气盎然，什么地方都生同情，都觉有趣味，所以无往而不自得。这种执著人生，看清人生然后抱着人生接吻的精神，和中国文人逢场作戏，游戏人间的态度，外表有些仿佛，实在骨子里有天壤之隔。中国文人没有挫折时，已经装出好多身世凄凉的架子，只要稍稍磨折，就哼哼地怨天尤人，将人生打得粉碎，仅仅剩个空虚的骄傲同无聊的睥睨。那里有兰姆这样看遍人生的全圆，千灾百难底下，始终保持着颠扑不破的和人生和谐的精神，同那世故所不能损害毫毛的包括一切的同情心。这种大勇主义是值得赞美，值得一学的。

兰姆既然有这么广大的同情心，所以普通生活零星事件都供给他极好的冥想对象，他没有通常文学家习气，一定要在王公大人，惊心动魄事情里面，或者良辰美景，旖旎风光时节，要不然也由自己的天外奇思，空中楼阁里找出文学材料，他相信天天在他面前经过的事情，只要费心去吟味一下，总可想出很有意思的东西来。所以他文章的题目是五花八门的，通常事故，由伦敦叫花子，洗烟囱小孩，烧猪，肥女人，饕餮者，穷亲戚，新年一直到莎士比亚的悲剧，De Foe的二流作品，Sidney的十四行诗，Hogarth的讥笑世俗的画，自天才是不是疯子问题说到彩票该废不废问题。无论什么题目，他只要把他的笔点缀一下，我们好像看见新东西一样。不管是多么乏味事情，他总会说得津津有味，使你听得入迷。A.C.Benson说得最好："查理斯·兰姆将生活中最平常材料浪漫地描写着，指示出无论是多么简单普通经验也充满了情感同滑稽，平常生活的美丽同庄严是他的题目。"

在他书信里也可看出他对普通生活经验的玩味同爱好。他说："一个小心观察生活的人用不着自己去铸什么东西，'自然'已经将一切东西替我们浪漫化了。"（给Bernard Barton的信）在他答Wordsworth请他到乡下去逛的信上，他说："我一生在伦敦过活，等到现在我对伦敦结得许多深厚的地方感情，同你山中人爱好呆板板的自然一样，Stred同Fleet二条大街灯光明亮的店铺；数不尽的商业，商人，顾客，马车，货车，戏院；Covent公园里面包含的嘈杂同罪恶，窑子，更夫，醉汉闹事，车声；只要你晚上醒来，整夜伦敦是热闹的；在Fleet街的绝不会无聊；群众，一直到泥巴尘埃，射在屋顶道路的太阳，印刷铺，旧书摊，商量价的顾客，咖啡店，饭馆透出菜汤的气，哑剧——伦敦自己就是个大哑剧院，大假装舞蹈会——一切这些东西全影响我的心，给我趣味，然而不能使我觉得看够了。这些好看奇怪的东西使我晚上徘徊在拥挤的街上，我常常在五光十色的大街中看这么多生活，高兴得流泪。"他还说："我告诉你伦敦所有的大街傍道全是纯金铺的，最少我懂得一种点金术，能够点伦敦的泥成金 —— 一种爱在人群中过活的心。"兰姆真有点泥成金的艺术，无论生活怎样压着他，心情多么烦恼，他总能够随便找些东西来，用他精细微妙灵敏多感的心灵去抽出有趣味的点来，他嗤嗤地笑了。十八世纪的散文家多半说人的笑脸可爱，兰姆却觉天下可爱东西非常多，他爱看洗烟囱小孩洁白的齿，伦敦街头墙角鹑衣百结，光怪陆离的叫花子，以至伦敦街声他以为比什么音乐都好听。总而言之由他眼里看来什么东西全包含无限的意义，根本上还是因为他能有普遍的同情。他这点同诗人Wordsworth很相像，他们同相信真真的浪漫情调不一定在夺目惊心的事情，而俗人俗事里布满了数不尽可歌可叹的悲欢情感。他不把几个抽象观念来抹杀人生，或者将人生的神奇化作腐朽，他从容不迫地好像毫不关心说这个，谈那个，可是自然而然写出一件东西在最可爱情形底下的状况，就是Walter Pater在《查理斯·兰姆评传》所说the gayest, happiest attitude of things。因此兰姆只觉到处有趣味，可赏玩，并且绝不至于变做灰色的厌世者，始终能够天真地在这碧野青天的世界歌颂上帝给我享受不尽同我们自己做出鉴赏不完的种种物事。他是这么爱人群的，Leigh Hunt在自传里说："他宁愿同一班他所不爱的人在一块，不肯自己孤独地在一边"，当他姊姊又到疯人院，家中换个新女仆，他写信给Bernard Barton，提到旧女仆，他感叹着说："责骂同吵闹中间包含有熟识的成分，一种共同的利益 —— 定要认得的人才行 —— 所以责骂同吵闹是属于怨，怨这个东西同亲爱是一家出来的。"一个人爱普通生活到连吵架也信做是人类温情的另一表现，普通生活在他面前简直变成做天国生活了。

Hazlitt在《时代精神》（The Spirit of the Age）评兰姆一段里说："兰姆不高兴一切新面孔，新书，新房子，新风俗，……他的情感回注在'过去'，但是过去也要带着人的或地方的色彩，才会深深的感动他……他是怎么样能干地将衰老的花花公子用笔来渲染得香喷喷地；怎么样高兴地记下已经冷了四十年的情史。"兰姆实在恋着过去的骸骨，这种性情有两个原因，一来因为他爱一切人类的温情。事情虽然已经过去，而中间存着的情绪还可供我们回忆。并且他太爱了人生，虽然事已烟消火灭了，他舍不得就这么算了，免不了时时记起，拿来摩弄一番。他性情又耽好冥想，怕碰事实，所以新的东西有种使他害怕的能力。他喜欢坐在炉边和他姊姊谈幼年事情，顶怕到新地方，住新房，由这样对照，他更爱躲在过去的翼底下。在《伊里亚随笔》第一篇《南海公司》里他说："活的账同活的会计使我麻烦，我不会算账，但是你们这些死了大本的数簿 —— 是这么重，现在三个衰颓退化的书记要抬离开那神圣地方都不行 —— 连着那么多古老奇怪的花纹同装饰的神秘的红行 —— 那种三排的总数目，带着无用的圈圈 —— 我们宗教信仰浓厚的祖宗无论什么流水账，数单开头非有不可的祷告话 —— 那种值钱的牛皮书面，使我们相信这是天国书库的书的皮面 —— 这许多全是有味可敬的好看东西。"由这段可以看出他避新向旧的情绪。他不止喜欢追念过去，而且因为一件事情他经历过那不管这事情有益有害，既然同他发生关系了，好似是他的朋友，若使他能够再活一生，他还愿一切事情完全按旧的秩序递演下去。他在《除夕》那一篇中说："我现在几乎不愿意我一生所逢的任一不幸事会没有发生过，我不欲改换这些事情也同我不欲更改一本结构精密小说的布局一样，我想当我心被亚历斯的美丽的发同更美丽的眼迷醉时候，我将我最黄金的七年光阴憔悴地空费过去这回事比干脆没有碰过这么热情的恋爱是好得多。我宁愿我失丢那老都伯骗去的遗产，不愿意现在有二千镑钱而心中没有这位老奸巨猾的影子。"他爱旧书，旧房子，老朋友，旧瓷器，尤其好说过去的戏子，从前的剧场情形，同他小孩子时候逛的地方。他曾有一首有名的诗说一班旧日的熟人。

一班旧日的熟人

我曾有一些游侣，我曾有一班好伴，
在我孩提的时候，在我就学的时光；
一班旧日的熟人，现在完全失散。

我曾经狂笑，我曾经欢宴，
与一班心腹的朋友在深夜坐饮；
一班旧日的熟人，现在完全失散。

我曾爱着一个绝代的美人：
她的门为我而关，她，我一定不能再见——
一班旧日的熟人，现在完全失散。

我有一个朋友，一个最好的朋友，
我曾鲁莽地背弃他像个忘恩之人；
背弃了他，想到一班旧日的熟人。

我徘徊在幼年欢乐之场像个幽灵，
我不得不走遍大地的荒原，
为了去找一班旧日的熟人。

我的心腹的朋友，你比我的兄弟更强，
你为什么不生在我的家中？
假使我们可以谈到旧日的熟人——

他们有的怎样弃我，有的怎样死亡，
有的被人夺去；所有的朋友都已分离；

　　他说他像个幽灵徘徊在幼年欢乐之场。实在由这种高兴把旧事重提的人看来，现在只是一刹那，将来是渺茫的，只有过去是安安稳稳地存在记忆，绝不会失丢的宝藏。这也是他在这不断时流中所以坚决地抓着过去的原因。

　　兰姆一生逢着好多不顺意的事，可是他能用飘逸的想头，轻快的字句把很沉重的苦痛拨开了。什么事情他都取一种特别观察点，所以可给普通人许多愁闷怨恨的事情，他随随便便地不当做一回事地过去了。他有一回编一本剧叫做《H先生》，第一晚开演时候，就受观众的攻击，他第二天写信给Sarah Stoddart说："H先生昨晚开演，失败了，玛利心里很难过。我知道你听见这个消息一定会替我们难过。可是不要紧。我们决心不被这事情弄得心灰意懒。我想开始戒烟，那么我们快要富足起来了。一个吞云吐雾的人，自然只会写乌烟瘴气的喜剧。"他天天从早到晚在公司办事，但是在《牛津游记》上他说我虽然是个书记，这不过是我一时兴致，一个文人早上须要休息，最好休息的法子是机械式地记棉花，生丝，印花布的价钱，这样工作之后去念书会特别有劲，并且你心中忽然有什么意思，尽可以拿桌上纸条或者封面记下，做将来思索材料。他的哥哥是个自私的人，收入很好，却天天去买古画，过舒服生活，全不管兰姆的穷苦。兰姆对这事不止没有一毫怨尤，并且看他哥哥天天兴高采烈样子，他心中也欢喜起来了。在《我的亲戚》一篇文中他说："这事情使我快活，当我早上到公司时候，在一个风和日美五月的早上，碰着他（指兰姆哥哥）由对面走来，满脸春风，喜气盈洋。这种高兴样子是指示他心中预期买样看中了的古画。当这种时候他常常拉着我，教训一番。说我这种天天有事非干不可的人比他快活 —— 要我相信他觉得无聊难过 —— 希望他自己没有这么多闲暇 —— 又向西走到市场去，口里唱着调子 —— 心里自信我会信他的话 —— 我却是无歌无调地继续向公司走。"这种一点私见不存，只以客观态度温和眼光来批评事情，注意可以发噱之点，用来做微笑的资料，真是处世最好的精神。在《查克孙上尉》一篇里，他将这种对付不好环境的好法子具体地描写出。查克孙一贫如洗，却无时不排阔架子，这样子就将贫穷的苦恼全忘丢了。兰姆说："他（查克孙上尉）是个变戏法者，他布一层雾在你面前——你没有时间去找出他的毛病。他要向你说'请给我那个银糖钳'，实在排在你面前只有一个小匙，而且仅仅是镀银的。在你还没有看清楚他的错误之前，他又来扰乱你的思想，把一个茶锅叫做茶瓮，或者将凳子说做沙发。富人请你看他的家具，穷人用法子使你不注意他的寒碜东西；他既不是这样，也不是那样，单单自己认他身边一切东西全是好的，使你莫明其妙到底在茅屋里看的是什么。

什么也没有，他仿佛什么都有样子。他心中有好多财产。"

当他母亲死后一个礼拜，他写信给Coleridge说："我练成了一种习惯不把外界事情看重——对这盲目的现在不满意，我努力去得一种宽大的胸怀；这种胸怀支持我的精神。"他姊姊疯好了，他写信给Coleridge说："我决定在这塞满了烦恼的剧，尽量得那可得到的瞬间的快乐。"他又说"我的箴言是'只要一些，就须满足；心中却希望能得到更多'"。我们从这几段话可以看出兰姆快乐人世的精神。他既不是以鄙视一切快乐自雄的stoic，也不是沾沾自喜歌颂那卑鄙庸懦的满足的人，他带一副止血的灵药，在荆棘上跳跃奔驰，享受这人生道上一切风光，他不鄙视人生，所以人生也始终爱抚他。所以处这使别人能够碎心的情况之下，他居然天天现着笑脸，说他的双关话，同朋友开开玩笑过去了。英国现在大批评家Agustine Birrell说："兰姆自己知道他的神经衰弱，同他免不了要受的可怕的一生挫折，他严重地拿零碎东西做他的躲难所，有意装傻，免得过于兴奋变成个疯子了。"

他从二十一岁，以后经过千涛百浪，神经老是健全，这就是他这种高明超达的生活术的成功。

　　兰姆虽然使一双特别的眼睛看世界上各种事情，他的道德观念却非常重。他用非常诚恳态度采取道德观念，什么事情一定要寻根到底赤裸裸地来审察，绝不容有丝毫伪君子成分在他心中。也是因为他对道德态度是忠实，所以他又常主张我们有时应当取一种无道德态度，把道德观念撇开一边不管，自由地来品评艺术同生活。伪君子们对道德没有真真情感，只有一副架子，记着几句口头禅，无处不说他的套语，一时不肯放松将道德存起来，这是等于做贼心虚，更用心保持他好人的外表，偷汉寡妇偏会说贞节一样。

　　只有自己问心无愧的人才敢有时放了道德的严肃面孔，同大家痛快地毫无拘管地说笑。在他那《莎士比亚同时戏剧家评选》里他说："霸占近代舞台的乏味无聊抹杀一切的道德观念把戏中可赞美的热烈情感排斥去尽了，一种清教徒式的感情迟钝，一种傻子低能的老实渐渐盘绕我们胸中，将旧日戏剧作家给我们的强烈的情感同真真有肉有血生气勃勃的道德赶走了，……我们现在什么都是虚伪的顺从。"所以他爱看十八世纪几个喜剧家Congreve，Farquhar Wycherley等描写社会的喜剧。他曾说："真理是非常宝贵的，所以我们不要乱用真理。"因为他宝贵道德，他才这么不乱任用道德观念，把它当作不值一句钱的东西乱花。兰姆不怎么尊重传统道德观念，他的观念近乎尼采，他相信有力气做去就是善，柔弱无能对付了事处处用盾牌的是恶，这话似乎有些言之过甚，不过实在是如此。我们读兰姆不觉得念查拉撒斯图拉如此说地针针见血，那是因为兰姆用他的诙谐同古怪的文体盖住了好多惊人的意见。在他《两种人类》那篇上，他赞美一个靠借钱为生，心地洁白的朋友。这位朋友豪爽英迈，天天东拉西借，压根儿就没有你我之分，有钱就用，用完再借，由兰姆看起来他这种痛快情怀比个规规矩矩的人高明得多。他那篇最得所谓英国第一批评家Hazlitt击节叹赏的文章《战太太对于纸牌的意见》，用使人捧腹大笑的笔墨说他这种做得痛快就是对的理论。他觉得叫花子非常高尚，平常人都困在各种虚荣高低之内，惟有叫花子超出一切比较之外，不受什么时髦礼节习惯的支配，赤条条无牵挂，所以他把叫花子尊称做"宇宙间惟一的自由人"。英国习惯每餐都要先感谢上帝，兰姆想我们要感谢上帝地方多得很，有Milton可念也是个要感谢的事情，何必专限在饭前，再加上那时候馋涎三尺，那里有心去谢恩，所食东西又是煮得讲究，不是仅仅作维持生命用，谢上帝给我们奢侈纵我们口欲，确在是不大对的。所以他又用滑稽来主张废止。他在《傻子日》里说："我从来没有一个交谊长久或者靠得住的朋友，而不带几分傻气的，……心中一点傻气都没有的人，心里必有一大堆比傻还坏的东西。"这两句话可以包括他的伦理观念。兰姆最怕拉长面孔，说道德的，我们却噜嗦地说他的道德观念，实在对不起他，还是赶快谈别的罢。

法国十六世纪散文大家，近世小品文鼻祖Montaigne在他小品文集（Essays）序上说："我想在这本书里描写这个简单普通的真我，不用大言，说假话，弄巧计，因为我所写的是我自己。我的毛病要纤毫毕露地说出来，习惯允许我能够坦白说到那里，我就写这自然的我到那地步。"兰姆是Montaigne的嫡系作家。他文章里十分之八九是说他自己，他老实地亲信地告诉我们他怎么样不能了解音乐，他的常识是何等的缺乏，他多么怕死，怕鬼，甚至于他怎样怕自己会做贼偷公司的钱，他也毫不遮饰地说出。他曾说他的文章用不着序，因为序是作者同读者对谈，而他的文章在这个意义底下全是序。他谈自己七零八杂事情所以能够这么娓娓动听，那是靠着他能够在说闲话时节，将他全性格透露出来，使我们看见真真的兰姆。谁不愿意听别人心中流露出的真话，何况讲的人又是个和蔼可亲温文忠厚的兰姆。他外面又假放好多笔名同杜撰的事，这不过一层薄雾，为的兰姆到底是害羞的人，文章常用七古八怪的别号，这么一反照，更显出他那真挚诚恳的态度了。兰姆最赞美懒惰，他曾说人类本来状况是游手好闲的，亚当堕落后才有所谓工作。他又说："实在在一个人所能做的最好的事情是什么也不干，次一等才是——好工作。"他那一篇《衰老的人》

是个赞美懒惰的福音。比起Stevenson的《懒惰汉的辩词》更妙得多，我们读起来一个爱闲暇怕工作的兰姆活现眼前。

兰姆著作不大多，最重要是那投稿给《伦敦杂志》，借伊里亚Elia名字发表的絮语文五十余篇，后来集做两卷，就是现在通行的《伊里亚小品文》（The Essays of Elia）同《伊里亚小品文续编》（The Last Essays of Elia）。伊里亚是南海公司一个意大利书记，兰姆借他名字来发表，他的文体是模仿十七世纪Fuller，Browne同别的伊里利伯时代作家，所以非常古雅蕴藉。此外他编一本莎士比亚同时代戏剧作家选集，还加上批评，这本书关于十九世纪对伊利沙伯时代文学兴趣之复燃，大有关系。他的批评，吉光片羽，字字珠玑，虽然只有几十页，是一本重要文献。他选这本书的目的，是将伊利沙伯时代人的道德观念呈现在读者面前，所以他的选本一直到现在还是风行的。他还有批评莎士比亚悲剧同Hogarth的画的文章。此外他同玛利将莎士比亚剧编作散文古事，尽力保存原来精神。他对伊利沙伯朝文学既然有深刻的研究，所以这本《莎氏乐府本事》，还能充满了剧中所有的情调色彩，这是它能够流行的原因。兰姆做不少的诗同一两编戏剧，那都是不重要的。他的书信却是英国书信文学中的杰作，其价值不下于Cowper Southey，Cray Fitzerald的书牍，他那种缠绵深情同灵敏心怀在那几百封信里表现得非常清楚。他好几篇好文章《两种人类》，《新同旧的教师》，《衰老的人》等差不多全由他信脱胎出来。他写信给Southey说："我从来没有根据系统判断事情，总是执著个体来理论。"这两句话可以做他一切著作的注脚。

兰姆传以Ainger做得最好，Ainger说：他是个利己主义者——但是一个没有一点虚荣同自满的利己主义者——一个剥去了嫉妒同恶脾气的利己主义者。这真是兰姆一生最好的考语。近代专研究兰姆，学兰姆的文笔的Lucus说："兰姆重新建设生活，当他改建时节，把生活弄得尊严内容丰富起来了。"

十七年一月，北大西斋。

文学与人生

　　在普通当作教本用的文学概论批评原理这类书里，开章明义常说文学是一面反映人生最好的镜子，由文学我们可以更明白地认识人生。编文学概论这种人的最大目的在于平妥无疵，所以他的话老是不生不死似是而非的，念他书的人也半信半疑，考试一过早把这些套话丢到九霄云外了；因此这般作者居然能够无损于人，有益于己地写他那不冷不热的文章。可是这两句话却特别有效力，凡是看过一本半册文学概论的人都大声地嚷着由文学里我们可以特别明白地认识人生。言下之意自然是人在世界上所最应当注意的事情无过于认清人生，文学既是认识人生惟一的路子，那么文学在各种学术里面自然坐了第一把交椅，学文学的人自然……这并不是念文学的人虚荣心特别重，那个学历史的人不说人类思想行动不管古今中外全属历史范围；那个研究哲学的学生不睥睨地说在人生根本问题未解决以前，宇宙神秘还是个大谜时节，一切思想行动都找不到根据。法科学生说人是政治动物；想做医生的说，生命是人最重要东西；体育家也忽然引起拉丁说健全的思想存在健全的身体里。中国是农业国家这句老话是学农业的人的招牌，然而工业学校出身者又在旁微笑着说"现在是工业世界"。学地质的说没有地球，安有我们。数学家说远些把Protagoras抬出说数是宇宙的本质，讲近些引起罗素数理哲学。就是温良恭俭让的国学先生们也说要读书必先识字，要识字就非跑到什么《说文》戴东原书里去过活不可。

与世无涉，志于青云的天文学者啧啧赞美宇宙的伟大，可怜地球的微小，人世上各种物事自然是不肯去看的。孔德排起学术进化表来，把他所创设的社会学放在最高地位。拉提琴的人说音乐是人类精神的最高表现。总而言之，统而言之，这块精神世界的地盘你争我夺，谁也睁着眼睛说："请看今日之域中，究是谁家之天下。"然而对这种事也用不着悲观，风流文雅的王子不是在几千年前说过"文人相轻，自古已然"。可惜这种文力统一的梦始终不能实现，恐怕是永久不能实现。所以还是打开天窗说亮话罢。若使有学文学的伙计们说这是长他人意气，灭自己威风，则只有负荆谢罪，一个办法；或者拉一个死鬼来挨骂。在Conrad自己认为最显露地表现出他性格的书，《人生与文学》（Notes on Life and Letters）里，他说："文学的创造不过是人类动作的一部分，若使文学家不完全承认别的更显明的动作的地位，他的著作是没有价值的。这个条件，文学家，——特别在年青时节——很常忘记，而倾向于将文学创造算做比人类一切别的创作的东西都高明。一大堆诗文有时固然可以发出神圣的光芒，但是在人类各种努力的总和中占不得什么特别重要的位置。"Conrad虽然是个对于文学有狂热的人，因为他是水手出身，没有进过文学讲堂，所以说话还保存些老舟子的直爽口吻。

文学到底同人生关系怎么样？文学能够不能够，丝毫毕露地映出人生来呢？大概有人会说浪漫派捕风捉影，在空中建起八宝楼台，痴人说梦，自然不能同实际人生发生关系。写实派脚踏实地，靠客观的观察，来描写，自然是能够把生活画在纸上。但是天下实在没有比这个再错的话。文学无非叙述人的精神经验（述得确实不确实又是一个问题），色欲利心固然是人性一部分，而向渺茫处飞翔的意志也是构成我们生活的一个重要成份。梦虽然不是事实，然而总是我们做的梦，所以也是人生的重要部分。天下不少远望着星空，虽然走着的是泥泞道路的人，我们不能因为他满身尘土，就否认他是爱慕闪闪星光的人。我们只能说梦是与别东西不同，而不能否认它的存在，写梦的人自然可以算是写人生的人。Hugo说过"你说诗人是在云里的，可是雷电也是在云里的。"世上没有人否认雷电的存在，多半人却把诗人的话，当做镜花水月。当什么声音都没有的深夜里，清冷的月色照着旷野同山头，独在山脚下徘徊的人们免不了会可怜月亮的凄凉寂寞，望着眠在山上的孤光，自然而然想月亮对于山谷是有特别情感的。这实是人们普通的情绪，在我们生活中占有重要位置的。Keats用他易感的心灵，把这情绪具体化利用希腊神话里月亮同牧羊人爱情故事，歌咏成他第一首长诗Endymion。好多追踪理想的人一生都在梦里过去，他们的生活是梦的，所以只有渺茫灿烂的文字才能表现出他们的生活。Wordsworth说他少时常感觉到自己同宇宙是分不开的整个，所以他有时要把墙摸一下，来使他自己相信有外界物质的存在；普通人所认为虚无乡，在另一班看来倒是惟一的实在。无论多么实事求是抓着现在的人晚上也会做梦的。我们一生中一半光阴是做梦，而且还有白天也做梦的。浪漫派所写的人生最少也是人生的大部分，人们却偏说是无中生有，这也是无可奈何的事。但是我们虽然承认浪漫文学不是镜里自己生出来的影子，是反映外面东西，我们对它照得精确不，却大大怀疑。可是所谓写实派又何曾是一点不差的描摹人生，作者的个人情调杂在里面绝不会比浪漫作家少。曼殊斐儿的丈夫Middleton Murruy在他的《文体问题》（The Problem of Style）里说："法国的写实主义者无论怎样拼命去压下他自己的性格，还是不得不表现出他的性格。只要你真是个艺术家，你绝不能做一个没有性格的文学艺术家。"真的，不止浪漫派作家每人都有一个特别世界排在你眼前，写实主义者也是用他的艺术不知不觉间将人生的一部分拿来放大着写。让我们拣三个艺术差不多，所写的人物也差不多的近代三个写实派健将Maupassant，Chekhov，Bennett来比较。Chekhov有俄国的Maupassant这个外号，Bennett在他《一个文学家的自传》（The Truthalut an Auther）里说他曾把Maupassant当作上帝一样崇拜，他的杰作是读了Maupassant的《一生》（UneVie）引起的。他们三个既然于文艺上有这么深的关系，若使写实文学真能超客观地映出人生，那么这三位文豪的著作应当有同样的色调，可是细心地看他们的作品，就发现他们有三个完全不同的世界。Maupassant冷笑地站在一边袖手旁观，毫无同情，所以他的世界是冰冷的；Chekhov的世界虽然也是灰色，但是他却是有同情的，而他的作品也比较地温暖些，有时怜悯的眼泪也由这隔江观火的世态旁观者眼中流下；Bennett描写制陶的五镇人物更是怀着满腔热血，不管是怎么客观地形容，乌托邦的思想不时还露出马脚来。由此也可见写实派绝不能脱开主观的，所以三面的镜子，现出三个不同的世界。或者有人说他们各表现出人生的一面，然而当念他们书时节我们真真觉得整个人生是这么一回事；他们自己也相信人生本相这样子的。说了一大阵，最少总可证明文学这面镜子是凸凹靠不住的，而不能把人生丝毫不苟地反照在上面。许多厌倦人生的人们，居然可以在文学里找出一块避难所来安慰，也是因为文学里的人生同他们所害怕的人生不同的缘故。

假设文学能够诚实地映出人生，我们还是不容易由文学里知道人生。纸上谈兵无非是秀才造反。Tennyson有一首诗The Lady of Shalott很可以解释这一点。诗里说一个住在孤岛之贵女，她天天织布，布机杼前面安一个镜，照出河岸上一切游人旅客；她天天由镜子看到岛外的世界，孤单地将所看见的小女，武士，牧人，僧侣，织进她的布里。她不敢回头直接去看，因为她听到一个预言说她一停着去赏玩河岸的风光，她一定会受罚。在月亮当头时她由镜里看见一对新婚伴侣沿着河岸散步，她悲伤地说："我对这些影子真觉得厌倦了。"在晴朗的清晨一个盔甲光辉夺目的武士骑着骄马走过河旁，她不能自主地转过对着镜子走，去望一望。镜子立刻碎了，她走到岛旁，看见一个孤舟，在黄昏的时节她坐在舟上，任河水把她飘荡去，口里唱着哀歌慢慢地死了。Tennyson自己说他这诗是象征理想碰着现实的灭亡。她由镜里看人生，虽然是影像分明，总有些雾里看花，一定要离开镜子，走到窗旁，才尝出人生真正的味道。文学最完美时候不过像这面镜子，可是人生到底是要我们自己到窗子向外一望才能明白的。有好多人我们不愿见他们跟他们谈天，可是书里无论怎样穷凶极恶，奸巧利诈的小人，我们却看得津津有味，差不多舍不得同他们分离，仿佛老朋友一样。读Ohello的人对Lago的死，虽然心里是高兴的，一定有些惆怅，因为不能再看他弄诡计了。读Dickens书，我记不清Oliver Twist，David Copperfield Nicholas Nickleby的性格，而慈幼院的女管事；Uriah Heep同Nicholas Nickleby的叔父是坏得有趣的人物，我们读时，又恨他们，又爱看他们。但是若使真真在世界上碰见他们，我们真要避之惟恐不及。在莎士比亚以前流行英国的神话剧中，最受观众欢迎的是魔鬼，然而谁真见了魔鬼不会飞奔躲去。

　　文学同人生中间永久有一层不可穿破的隔膜。大作家往往因为对于人生太有兴趣，不大去念文学书，或者也就是因为他不怎么给文学迷住，或者不甚受文学影响，所以眼睛还是雪亮的，能够看清人生的庐山真面目。莎士比亚只懂一些拉丁，希腊文程度更糟，然而他确是看透人生的大文豪。Ben Joson博学广览，做戏曲时常常掉书袋，很以他自己的学问自雄，而他对人生的了解是绝比不上莎士比亚。Walter Scott天天打猎，招呼朋友，Washington Irvings奇怪他那里找到时间写他那又多又长的小说，自然更谈不上读书，可是谁敢说Scott没有猜透人生的哑谜。Thackeray怀疑小说家不读旁人做的小说，因茶点店伙计是爱吃饭而不喜欢茶点的。Stevenson在《给青年少女》（Virginibus Puerisque）里说："书是人生的没有血肉的代替者"。医学中一大个难关是不能知道人身体实在情形。我们只能解剖死人，死人身里的情形同活人自然大不相同。所以人身里真真状况是不能由解剖来知道的。人生是活人，文学不过可以算死人的肢体，Stevenson这句无意说的话刚刚合适可以应用到我们这个比喻。所以真真跑到人生里面的人，就是自己作品也无非因为一时情感顺笔写去，来表现出他当时的心境，写完也就算了，后来不再加什么雕琢功夫。甚至于有些是想发财，才去干文学的，莎士比亚就是个好例。他在伦敦编剧发财了，回到故乡作富家翁，把什么戏剧早已丢在字纸篮中了。所以现在教授学者们对于他剧本的文字要争得头破血流，也全因为他没有把自己作品看得是个宝贝，好好保存着。他对人生太有趣味，对文学自然觉得是隔靴搔痒。就是Steele，Goldsmith也都是因为天天给这光怪陆离的人生迷住，高兴地喝酒，赌钱，穿漂亮衣服，看一看他们身旁五花八门的生活，他们简直没有心去推敲字句，注意布局。文法的错误也有，前后矛盾地方更多。他们是人生舞台上的健将，而不是文学的家奴。热情的奔腾，辛酸的眼泪充满了他们的字里行间。但是文学的技巧，修辞的把戏他们是不去用的。虽然有时因为情感的关系文字个变非常动人。Browning对于人生也是有具体的了解，同强度的趣味，他的诗却是一做完就不改的，只求能够把他那古怪的意思达到一些，别的就不大管了。弄得他的诗念起来令人头昏脑痛。有一回人家找他解释他自己的诗，这老头子自己也不懂了。总而言之，他们知道人生内容的复杂，文学表现人生能力微少。所以整个人浸于人生之中，对文学的热心赶不上他们对人生那种欣欢的同情。只有那班不大同现实接触，住在乡下，过完全象牙塔生活的人，或者他们的心给一个另外的世界锁住，才会做文学的忠实信徒，把文学做一生的惟一目的，始终在这朦胧境里过活，他们的灵魂早已脱离这个世界到他们自己织成的幻境去了。Hawthorne与早年的Tennyson全带了这种色彩。一定要对现实不大注意，被艺术迷惑了的人才会把文学看得这么重要，由这点也可以看出文学同人生是怎样地隔膜了。

　　以上只说文学不是人生的镜子，我们不容易由文学里看清人生。王尔德却说人生是文学的镜子，我们日常生活思想所受艺术的支配比艺术受人生的支配还大。但是王尔德的话以少引为妙，恐怕人家会拿个唯美主义者的招牌送来，而我现在衣纽上却还没有带一朵凋谢的玫瑰花。并且他这种意思在《扯谎的退步》里说得漂亮明白，用不着再来学舌。还是说些文学对着人生的影响罢。

　　法朗士说："书籍是西方的鸦片"。这话真不错，文学的麻醉能力的确不少，鸦片的影响是使人懒洋洋地，天天在幻想中糊涂地消磨去，什么事情也不想干。文学也是一样地叫人把心搁在虚无缥缈间，看着理想的境界，有的沉醉在里面，有的心中怀个希望想去实现，然而想象的事总是不可捉摸的，自然无从实现，打算把梦变做事实也无非是在梦后继续做些希望的梦罢！因此对于现实各种的需求减少了，一切做事能力也软弱下去了。憧憬地度过时光无时不在企求什么东西似的，无时不是任一去不复的光阴偷偷地过去。为的是他已经在书里尝过人所不应当尝的强度咸酸苦甜各种味道，他对于现实只觉乏味无聊，不值一顾。读Romeo and Juliet后反不想做爱情的事，非常悲哀时节念些挽歌倒可以将你酸情安慰。读Bacon的论文集时候，他那种教人怎样能够于政治上得到权力的话使人厌倦世俗的富贵。不管是为人生的文学也好，为艺术的文学也好，写实派，神秘派，像征派，唯美派……文学里的世界是比外面的世界有味得多。只要踏进一步，就免不了喜欢住在这趣味无穷的国土里，渐渐地忘记了书外还有一个宇宙。本来真干事的人不讲话，口说莲花的多半除嘴外没有别的能力。天下最常讲爱情者无过于文学家，但是古往今来为爱情而牺牲生命的文学家，几乎找不出来。

Turgeniev深深懂得念文学的青年光会说爱情，而不能够心中真真地燃起火来，就是点着，也不过是暂时的，所以在他的小说里他再三替他的主人翁说没有给爱情弄得整夜睡不着。要做一件事，就不宜把它拿来瞎想，不然想来想去，越想越有味，做事的雄心力气都化了。老年人所以万念俱灰全在看事太透，青年人所会英气勃勃，靠着他的盲目本能。Carlyle觉得静默之妙，做了一篇读起来音调雄壮的文章来赞美，这个矛盾地方不知道这位气吞一世的文豪想到没有。理想同现实是两个隔绝的世界，谁也不能够同时候在这两个地方住。荷马诗里说有一个岛，中有仙女（Siren）她唱出歌来，水手听到迷醉了，不能不向这岛驶去，忘记回家了。又说有一个地方出产一种莲花，人闻到这香味，吃些花粉，就不想回到故乡去，愿意老在那里滞着。这仙女同莲花可以说都是文学象征。

还没有涉世过仅仅由文学里看些人生的人一同社会接触免不了有些悲观。好人坏人全没有书里写的那么有趣，到处是硬板板地单调无聊。然而当尝尽人海波涛后，或者又回到文学，去找人生最后的安慰。就是在心灰意懒时期文学也可以给他一种鼓舞，提醒他天下不只是这么一个糟糕的世界，使他不会对人性生了彻底的藐视。法朗士说若使世界上一切实情，我们都知道清楚，谁也不愿意活着了。文学可以说是一层薄雾，盖着人生，叫人看起不会太失望了。不管作家书里所谓人生是不是真的，他们那种对人生的态度是值得赞美模仿的。我们读文学是看他们的伟大精神，或者他们的看错人生正是他们的好处，那么我们也何妨跟他走错呢，Marcus Aurelius的宇宙万事先定论多数人不能相信，但是他的坚忍质朴逆来顺受而自得其乐的态度使他的冥想录做许多人精神的指导同安慰。我们这样所得到的大作家伦理的见解比仅为满足好奇心计那种理智方面的明白人生真相却胜万万倍了。

十七年二月于北大西斋。

醉中梦话（二）

一、"才子佳人信有之"

才子佳人，是一句不时髦的老话。说来也可怜得很，自从"五四"以后，这四个字就渐渐倒霉起来，到现在是连受人攻击的资格也失掉了。侥幸才子佳人这两位宝贝却并没有灭亡，不过摇身一变，化作一对新时代的新人物：文学家和安琪儿。才子是那口里说："钟情自在我辈"，能用彩笔做出相思曲和定情诗的文人。文学家是那在心弦上深深地印着她的情影，口里哼着我被爱神的箭伤了，笔下写出长长短短高高低低的情诗的才子。至于佳人即是安琪儿，这事连小学生都知道了，用不着我来赘言。总而言之，统而言之，昔日的才子和当今的文学家都是既能做出哀感顽艳的情诗，自己又是一个一往情深的多情种子。

我却觉得人们没有这么万能，"自然"好像总爱用分工的原则，有些人她给了一个嘴，口说莲花。可是别无所能，什么事情也不会干，当然不会做个情感真挚的爱人，这就是昔日之才子，当今的文学家。真真干事的人不说话，只有那不能做事的孱弱先生才会袖着手大发牢骚。真真的爱人在快乐时节和情人拈花微笑，两人静默着；失恋时候，或者自杀，或者胡涂地每天混过去，或者到处瞎闹，或者……但是绝没有闲情逸致，摇着头做出情诗来。人们总以为英国的拜伦，雪莱，济慈是中国式的才子，又多情，又多才。我却觉得拜伦是一个只会摆那多情的臭架子的纨绔公子。雪莱只是在理想界中憧憬着，根本就和现实世界没有接触，多次的结婚离婚无非是要表现出他敢于反抗社会庸俗的意见。济慈只想尝遍人生各种的意味，他爱爱情，因为爱情可以给我们很大的刺激，内里包含有咸酸苦辣诸味，他何曾真爱他的爱人呢？最会做巧妙情诗的Robert Herrick，有一次做首坦白的自叙诗，题目是Upon Himself，中间有几段，让我抄下来罢！

I could never love indeed；

Never see mine own heart bleed；

Never crucify my life；

Or for widow，maid，orwife.

....

I could never break my sleep，

Fold my arms，sob，sigh，orweep.

Never beg，or humblywoo

With oaths and lies，（as others do）

....

But have hitherto lived free

As the air that circles me

And kept credit with my heart,

Neither broke in the whole, or part.

　　Herrick这么坦白地说他绝不会有什么恋爱，也不会挨求恋和失恋的痛苦，这倒是他心中的话。但是那个爱念Herrick的年青人不会觉得他是赞颂爱情的绝妙诗人？等到看着这首冷酷的自剖，免不了会有万分的惊愕。然而，这正是Herrick一贯的地方。若使Herrick不是这么无情的人，他绝不能够做出那好几百首艳丽的短短情歌。爱伦·波（Edgar Allanpoe）说："真挚的情感有种质朴的气味（homeliness），那是不能拿来做诗材用的。"风花雪月的诗人实在不能够闭着嘴去当一个充满了真挚情感的爱人。欧美小说里情场中的英雄，很少是文学家；情人多半是不能做诗的，屠格涅夫最爱写大学生和文学家的恋史，可是他小说中的主人翁多半是意志薄弱的情人，常带着"得不足喜，失不足忧"的态度。这都是洋鬼子比我们观察得更周到的地方。不过这样地把文学家的兼职取消，未免有点"焚琴煮鹤"，区区也很觉得怅然。

　　文学家不但不知道什么是爱情，而且也不懂得死的意义。所以最爱谈自杀的是文学家，而天下敢去自杀的文学家却是凤毛麟角。最近上海自杀了不少人，多半都有绝命书留下来，可是没有一篇写得很文学的，很动听的；可见黄浦江里面水鬼中并没有文豪在内。这件事对于文坛固然是很好的消息，但是也可见文学家只是种不生不死半生半死的才子了。不过古今中外的舆论是操在文学家的手里，小小的舞台上自己拼命喝自己的彩，弄得大家头晕脑眩，胡里胡涂地跟着喝彩，才子们便自觉得是超人了。

二、滑稽（Humour）和愁闷

　　整天笑嘻嘻的人是不会讲什么笑话的，就是偶然讲句把，也是那不会引人捧腹，值不得传述的陈旧笑谈。这的确是上帝的公平地方，一个人既然满脸春风，两窝酒靥老挂在颊边，为社会增不少融融泄泄的气象，又要他妙口生莲，吐出轻妙的谈谐，这未免太苦人所难了，所以上帝体贴他们。把诙谐这工作放在那班愁闷人肩上，让笑嘻嘻的先生光是笑嘻嘻而已。那班愁闷的人们不论日夜，总是口里喃喃，心里郁郁，给世界一种倒霉的空气，自然也该说几句叫人听着会捧腹的话，或者轻轻地吐出几句妙语，使人们嘴角微微的笑起来，以便将功折罪，抵消他们脸上的神情所给人的阴惨的印象。因此古往今来世上大诙谐家都是万分愁闷的人。

英国从前有个很出名的丑角，他的名字我不幸忘记了，就把他叫做密斯忒X罢，密斯忒X平常总是无缘无故地皱眉蹙额，他自己也是莫名其妙，不过每日老是心中一团不高兴。他弄得自己没有法子办，跑到内科医生那里问有什么医法没有。那内科医生诊察了半天，最后对他说："我劝你常去看那丑角密斯忒X的戏，看了几回之后，我包管你会好。"密斯忒X听了这话，啼也不好，笑也不好，只得低着头走出诊察室。

听说做"寻金记"和"马戏"主角的贾波林也是很忧郁的。这是必然的，否则，他绝不能够演出那趣味深长的滑稽剧。英国十九世纪浪漫派诗人Coleridge曾说：我是以眼泪来换人们的笑容。他是个谈锋极好的人，每天晚上滔滔不绝地讨论玄学诗体以及其他一切的问题，他说话又深刻又清楚，无论谁都会忘了疲倦，整夜坐在旁边听他娓娓地清谈。他虽然能够给人们这么多快乐，他自己的心境却常是枯燥烦恼到了极点。写"心爱的猫儿溺死在金鱼缸里"和"痴汉骑马歌"的Gray和Cowper也都是愁闷之神的牺牲者。Cowper后来愁闷得疯死了，Gray也是几乎没有一封信不是说愁说恨的。晋朝人讲究谈吐，喜欢诙谐，可是晋朝人最爱讲达观，达观不过是愁闷不堪，无可奈何时的解嘲说法。杀犯当临刑时节，常常唱出滑稽的歌曲，人们失望到不能再失望了，就咬着牙齿无端地狂笑，觉得天下什么事情都是好笑的。这些事都可以证明滑稽和愁闷的确有很大的关系。

诙谐是由于看出事情的矛盾。萧伯纳说过，"天下充满了矛盾的事情，只是我们没有去思索，所以看不见了。"普通人，尤其那笑嘻嘻的人们与物无忤地天天过去，无忧无虑无欢无喜。他们没有把天下事情放在口里咀嚼一番，所以也不知道到底是什么味道，草草一生就算了。只有那班愁闷的人们，无往而不自得，好像上帝和全人类连盟起来，和他捣乱似的。他背着手噙着眼泪走遍四方，只觉到处都是灰色的。他免不了拼命地思索，神游物外地观察，来遣闷消愁。哈哈！他看出世上一切物事的矛盾，他抿着嘴唇微笑，写出那趣味隽永的滑稽文章，用古怪笔墨把地上的矛盾穷形尽相地描写出来。我们读了他们的文章，看出埋伏在宇宙里的大矛盾，一面也感到洞明了事实真相的痛快，一面也只得无可奈何地笑起来了。没有那深深的烦闷，他们绝不能瞧到这许多很显明的矛盾事情，也绝不会得到诙谐的情绪和沁人心脾的滑稽辞句。滑稽和愁闷居然有因果的关系，这个大矛盾也值得愁闷人们的思索。

因为诙谐是从对于事情取种怀疑态度，然后看出矛盾来，所以怀疑主义者多半是用诙谐的风格来行文，因为他承认矛盾是宇宙的根本原理。Voltaire，Montaigne和当代的法朗士，罗素的书里都有无限滑稽的情绪。

法国的戏剧家Baumarchais说："我不得不老是狂笑着，怕的是笑声一停，我就会哭起来了。"这或者也是愁闷人所以滑稽的原因。

三、 "九天阊阖开宫殿，万国衣冠拜冕旒"的文学史

记得五年前，当我大发哲学迷时候，天天和C君谈那玄而又玄自己也弄不清楚的哲学问题。那时C君正看罗素著的《哲学概论》，罗素是反对学生读哲学史的，以为应该直接念洛克，休谟，

康德等原作，不该隔靴搔痒来念博而不专的哲学史。C君看得高兴，就写一封十张八行的长信同我讨论这事情，他仿佛也是赞成罗素的主张。后来C君转到法科去，我在英文系的讲堂坐了四年，那本红笔画得不成书的Thilly哲学史也送给一位朋友了，提起来真不胜有沧桑之感。从前马马虎虎读的洛克，笛卡儿，斯宾诺莎，康德的书，现在全忘记了，可是我现在对哲学史还是厌恶，以为是无用的东西。由我看来，文学史是和哲学史同样没有用的。文学史的惟一用处只在赞扬本国文字的优美，和本国文人的言行的纯洁……总之，满书都是甜蜜蜜的。所以我用王右丞的颂圣诗两句，来形容普通文学史的态度。

普通文学史的第一章总是说本国的文字是多么好，比世界上任一国的文字都好，克鲁泡特金那样子具有世界眼光的人，编起俄国文学史（Russian Literature Its Ideals Realitcs）来，还是免不了这个俗套。这是狭窄的爱国主义者的拿手好戏，中国到现在还没有一本像样的文学史，也可以说是一件幸事。

第一口蜜喝完了，接着就是历代文人的行状。隐恶扬善，把几百个生龙活虎的文学家描写成一堆模糊不清毫无个性的圣贤。把所有做教本用的美国文学史都念完，恐怕也不知道大文豪霍桑曾替美国一个声名狼藉的总统捧场过，做一本传记，对他多方颂扬，使他能够被选。歌德，惠德曼，王尔德的同性爱是文学史素来所不提的。莎士比亚的偷鹿文学史家总想法替他掩饰辩护。文学史里只赞扬拜伦助希腊独立的慷慨情怀，没有说到他待Leigh Hunt的刻薄。这些劣点虽然不是这几位文学家的全人格的表现，用不着放大地来注意，但是要认识他们的真面目，这些零星罪过也非看到不可，并且我觉得这比他们小孩时候的聪明和在小学堂里得奖这些无聊事总来得重要好多。然而仁慈爱国的普通文学史家的眼睛只看到光明那面，弄得念文学史的人一开头对于各文学家的性格就有错误的认识。谁念过普通英国文学史会想到Words wort是个脾气极坏，态度极粗鲁的人呢？可是据他的朋友们说，他很常和人吵架，谈到政治，总是捶桌子。而且不高兴人们谈"自然"，好像这是他的家产样子。然而，文学史中只说他爱在明媚的湖边散步。

中国近来介绍外国文学的文章多半是采用文学史这类的笔法。用一大堆颂扬的字眼，恭维一阵，真可以说是新"应制"体。弄得看的人只觉得飘飘然，随便同情地跟着啧啧称善。这种一味奉承的批评文字对于读者会养成一种只知盲目地赞美大作家的作品习惯，丝毫不敢加以好坏的区别。屈服于权威的座前已是我们的国粹，新文学家用不着再抬出许多沾尘不染的洋圣人来做我们盲目崇拜的偶像。我以为最好的办法是在每本文学史里叙述各作家的性格那段底下留着一页或者半页的空白，让读者将自己由作品中所猜出的作者性格和由不属于正统的批评家处所听到的话拿来填这空白。这样子历代的文豪或者可以恢复些人气，免得像从前绣像小说头几页的图画，个个都是一副同样的脸孔。

四、这篇是顺笔写去，信口开河，所以没有题目

英国近代批评家Bailev教授在他那本《密尔敦评传》里主张英国人应当四十岁才开始读圣经。他说，英国现代的教育制度是叫小孩子天天念圣经，念得不耐烦了，对圣经自然起一种恶感，后来也不去看一看里面到底有什么真理隐藏着没有。要等人们经过了世变，对人生起了许多疑问，在这到处都是无情的世界里想找同情和热泪的时候，那时才第一次打开圣经来读，一定会觉得一字一珠，舍不得放下。这是这位老教授的话。圣经我是没有从头到底读过的，而且自己年纪和四十岁也相隔得太远，所以无法来证实这句话。不过我觉得Bailey这话是很有道理的，无论什么东西，若使我们太熟悉了，太常见了，它们对我们的印象反不深刻起来。我们简直会把它们忘记，更不会跑去拿来仔细研究一番。谁能够说出他母亲面貌的

特点在那里，那个生长在西湖的人会天天热烈地欣赏六桥三竺的风光。婚姻制度的流弊也在这里。Richard King说："为爱情而牺牲生命并不是件难事，最难的是能够永久在早餐时节对妻子保持种亲爱的笑容。"记得Hazlitt对于英国十八世纪歌咏自然的诗人Cowper的批评是："他是由那剪得整整齐齐的篱笆里，去欣赏自然……他戴双很时髦的手套，和'自然'握手。"可是正因为Cowper是个城里生长的人，一生对于"自然"没有亲昵地接触过，所以当他偶然看到自然的美，免不了感到惊奇，感觉也特别灵敏。他和"自然"老是保持着一种初恋的热情，并没有和"自然"结过婚，跟着把"自然"看得冷淡起来。在乡下生长，却居然能做歌咏自然的诗人，恐怕只有Burns，其他赞美田舍风光的作家总是由乌烟瘴气的城里移住乡间的人们。Dosoivsky的一支笔把龌龊卑鄙的人们的心理描摹得穷形尽相，但是我听说他却有洁癖，做小说时候，桌布上不容许有一个小污点。神秘派诗人总是用极显明的文字，简单的句法来表明他们神秘的思想。因为他们相信宇宙是整个的，只有一个共同的神秘，埋伏在万物万事里面。William Blake所谓由一粒沙可以洞观全宇宙也是这个意思。他们以为宇宙是很简单的，可是越简单，那神秘也更见其奥妙。越是能够用浅显文字指示出那神秘，那神秘也越远离人们理智能力的范围，因为我们已经用尽了理智，才能够那么明白地说出那神秘；而这个最后的神秘既然不是缘于我们的胡涂，自然也不是理智所能解决了。诗文的风格（style）奇奇怪怪的人们多半是思想上非常平稳。Chesterton顶喜欢用似非而是打筋斗的句子，但是他的思想却是四平八稳的天主教思想。勃浪宁的相貌像位商人，衣服也是平妥得很，他的诗是古怪得使我念着就会满眼泪。Tennyson长发披肩，衣服松松地带有成千成万的皱纹，但是他那In Memoriam却是清醒流利，一点也不胡涂费解。约翰生说Goldsmith做事无处不是个傻子，拿起笔就变成聪明不过的文人了。……这么老写下去，离题愈离愈远，而且根本就是没有题目，真是如何是好，还是就这么收住罢！

写完了上面这一大段，自己拿来念一遍，觉得似乎有些意思。然而我素来和我自己写的文章是"相视而笑，莫逆于心"的。这也是无可奈何之事也。

五、两段抄袭，三句牢骚

Steele说："学来的做坏最叫人恶心。"

Second-handvice, sure, ofallsimostnauseous From, The Charactersofa Rakeanda Conquet'

Dostoivsky的《罪与罚》里有底下这一段话：

> 拉朱密兴拼命地喊："你们以为我是攻击他们说瞎话吗？一点也不对！我爱他们说瞎话。这是人类独有的权利。从错误你们可以走到真理那里去！因为我会说错话，做错事，所以我才是一个人！你要得到真理，一定要错了十四回，或者是要错了一百十四回才成。而且做错了事真是有趣味；但是我们应当能够自己做出错事来！说瞎话，可是要说你自己的瞎话，那么我要把你爱得抱着接吻。随着自己的意思做错了比跟着旁人做对了，还要好得多。自己弄错了，你还是一个人；随人做对了，你连一只鸟也不如。我们终究可以抓到真理，它是逃不掉的，生命却是会拘挛麻木的。"

因此，我觉得打麻将比打扑克高明，逛窑子的人比到跳舞场的人高明，姑嫂吵架是天地间最有意义百听不倦的吵架 —— 自然比当代浪漫主义文学家和自然主义文学家的笔墨官司好得万万倍了。

"醉中梦话"是我二年前在《语丝》上几篇杂感的总题目。

匆匆地过了二年，我喝酒依旧，做梦依旧，这仿佛应当有些感慨才是。然而我的心境却枯燥得连微喟一声都找不出。从前那篇"醉中梦话"还有几句无聊口号，现在抄在下面：

> "生平不大喝酒，从来没有醉过，并非自夸量大，实在因为胆小，那敢多灌黄汤。梦是夜夜都做，梦中未必说话，'醉中梦话'云者，装胡涂假痴聋，免得'文责自负'。"

十八年十二月十日于真茹。

"春朝"一刻值千金

（懒惰汉的懒惰想头之一）

十年来，求师访友，足迹走遍天涯，回想起来给我最大益处的却是"迟起"，因为我现在脑子里所有些聪明的想头，灵活的意思多半是早上懒洋洋地赖在床上想出来的。我真应该写几句话赞美它一番，同时还可以告诉有志的人们一点迟起艺术的门径。谈起艺术，我虽然是门外汉，不过对于迟起这门艺术倒可说是一位行家，因为我既具有明察秋毫的批评能力，又带了甘苦备尝的实践精神。我天天总是在可能范围之内，尽量地滞在床上——那是我们的神庙——看着射在被上的日光，暗笑四围人们无谓的匆忙，回味前夜的痴梦——那是比做梦还有意思的事，——细想迟起的好处，唯我独尊地躺着，东倒西倾的小房立刻变做一座快乐的皇宫。

诗人画家为着要追求自己的幻梦，实现自己的痴愿，宁可牺牲一切物质的快乐，受尽亲朋的诟骂，他们从艺术里能够得到无穷的安慰，那是他们真实的世界，外面的世界对于他们反变成一个空虚。迟起艺术家也具有同等的精神。区区虽然不是一个迟起大师，但是对于本行艺术的确有无限的热忱——艺术家的狂热。所以让我拿自己做个例子罢。当我是个小孩时候，我的生活由家庭替我安排，毫无艺术的自觉，早上六点就起来了。后来到北方念书去，北方的天气是培养迟起最好的沃土，许多同学又都是程度很高的迟起艺术专家，于是绝好的环境同朋辈的切磋使我领略到迟起的深味，我的忠于艺术的热度也一天一天地增高。暑假年假回家时期，总在全家人吃完了早饭之后，我才敢动起床的念头。老父常常对我说清晨新鲜空气的好处，母亲有时提到重温稀饭的麻烦，慈爱的祖母也屡次向我姑母说"早起三日当一工"（我的姑母老是起得很早的），我虽然万分不愿意失丢大人们的欢心，但是为着忠于艺术的缘故，居然甘心得罪老人家。后来老人家知道我是无可救药的，反动了怜惜的心肠，他们早上九点钟时候走过我的房门前还是用着足尖；人们温情地放纵我们的弱点是最容易刺动我们麻木的良心，但是我总舍不得违弃了心爱的艺术，所以还是懊悔地照样地高卧。在大学里，有几位道貌岸然的教授对于迟到学生总是白眼相待，我不幸得很，老做他们白眼的鹄的，也曾好几次下个决心早起，免得一进教室的门，就受两句冷讽，可是一年一年地过去，我足足受了四年的白眼待遇，里头的苦处是别人想不出来的。有一年寒假住在亲戚家里，他们晚饭的时间是很早的，所以一醒来，腹里就咕隆地响着，我却按下饥肠，故意想出许多有趣事情，使自己忘却了肚饿，有时饿出汗来，还是坚持着非到十时是不起来的，对于艺术我是多么忠实，情愿牺牲。枵腹做诗的爱仑·波真可说是我的同志。后来入世谋生，自然会忽略了艺术的追求；不过我还是尽量地保留一向的热诚，虽然已经是够堕落了。想起我个人因为迟起所受的许多说不出的苦痛，我深深相信迟起是一门艺术，因为只有艺术才会这样带累人，也只有艺术家才肯这样不变初衷地往前牺牲一切。

但是从迟起我也得到不少的安慰，总够补偿我种种的苦痛。迟起给我最大的好处是我没有一天不是很快乐地开头的。我天天起来总是心满意足的，觉得我们住的世界无日不是春天，无处不是乐园。当我神怡气舒地躺着时候，我常常记起勃浪宁的诗："上帝在上，万物各得其所。"（鱼游水里，鸟栖树枝，我卧床上。）人生是短促的，可是若使我们有过光荣的青春，我们的一生就不能算是虚度，我们的残年很可以傍着火炉，晒着太阳在回忆里过日子。同样地一天的光阴是很短促的，可是若使我们有过光荣的早上，（一半时间花在床上的早晨！）我们这一天就不能说是白丢了，我们其余时间可以用在追忆清早的幸福，我们青年时期若使是欣欢的结晶，我们的余生一定不会很凄凉的，青春的快乐是有影子留下的，那影子好似带了魔力，惨淡的老年给它一照，也呈出和蔼慈祥的光辉。我们一天里也是一样的，人们不是常说：一件事情好好地开头，就是已经成功一半了；那么赏心悦意的早晨是一天快乐的先导。迟起不单是使我天天快活地开头，还叫我们每夜高兴地结束这个日子；我们夜夜去睡时候，心里就预料到明早迟起的快乐——预料中的快乐是比当时的享受，味还长得多——这样子我们一天的始终都是给生机活泼的快乐空气围住，这个可爱的升平景象却是迟起一手做成的。

迟起不仅是能够给我们这甜蜜的空气，它还能够打破我们结结实实的苦闷。人生最大的愁忧是生活的单调。悲剧是很热闹的，怪有趣的，只有那不生不死的机械式生活才是最无聊赖的。迟起真是惟一的救济方法。你若使感到生活的沉闷，那么请你多睡半点钟（最好是一点钟），你起来一定觉得许多要干的事情没有时间做了，那么是非忙不可——"忙"是进到快乐宫的金钥，尤其那自己找来的忙碌。忙是人们体力发泄最好的法子，亚里士多德不是说过人的快乐是生于能力变成效率的畅适。我常常在办公时间五分钟以前起床，那时候洗脸拭牙进早餐，都要用最快的速度完成，全变做最浪漫的举动，当牙膏四溅，脸水横飞，一手拿着头梳，对着镜子，一面吃面包时节，谁会说人生是没有趣味呢？而且当时只怕过了时间，心中充满了冒险的情绪。这些暗地晓得不碍事的冒险兴奋是顶可爱的东西，尤其是对于我们这班不敢真真履险的懦夫。我喜欢北方的狂风，因为当我们冲着黄沙望前进的时候，我们仿佛是斩将先登，冲锋陷阵的健儿，跟自然的大力肉搏，这是多么可歌可泣的壮举，同时除开耳孔鼻孔塞点沙土外，丝毫危险也没有，不管那时是怎地像煞有介事样子。冒险的嗜好那个人没有，不过我们胆小，不愿白丢了生命，仁爱的上帝，因此给我们卷地蔽天的刮风，做我们安稳冒险的材料。住在江南的可怜虫，找不到这一天赐的机会，只得英雄做时势，迟些起来，自己创造机会。就是放假期间，十时半起床，早餐后抽完了烟，已经十一时过了，一想到今天打算做的事情一件也没有动手，赶紧忙着起来——天下里还有比无事忙更有趣味的事吗？若使你因为迟起挨到人家的闲话，那最少也可以打破你日常一波不兴无声无臭的生活。我想凡是尝过生活的深味的人一定会说痛苦比单调灰色生活强得多，因为痛苦是活的，灰色的生活却是死的像征。迟起本身好似是很懒惰的，但是它能够给我们最大的活气，使我们的生活跳动生姿；世上最懒惰不过的人们是那般黎明即起，老早把事做好，坐着呆呆地打呵欠的人们。迟起所有的这许多安慰，除开艺术，我们那里还找得出来呢？许多人现在还不明白迟起的好处，这也可以证明迟起是一种艺术，因为只有艺术人们才会这样地不去睬它。

现在春天到了，"春宵苦短日高起"，五六点钟醒来，就可以看见太阳，我们可以醉也似的躺着，一直躺了好几个钟头，静听流莺的巧啭，细看花影的慢移，这真是迟起的绝好时光。能让我们天天多躺一会儿罢，别辜负了这一刻千金的"春朝"。

《懒惰汉的懒惰想头》是当代英国小品文家Jerome Kjerome的文集名字（Idle Thoughts of anidle Fellow），集里所说的都是拉闲扯散，瞎三道四的废话，可是自带有幽默的深味，好似对于人生有比一般人更微妙的认识同玩味——这或者只是因为我自己也是懒惰汉，官官相卫，惺惺惜惺惺，那么也好，就随它去罢。"春宵一刻值千金"这句老话，是谁也知道的，我觉得换一个字，就可以做我的题目。连小小二句题目，都要东抄西袭凑合成的，不肯费心机自己去做一个，这也可以见我的懒惰了。

在副题目底下加了"之一"两字，自然是指明我还要继续写些这类无聊的小品文字，但是什么时候会写第二篇，那是连上帝都不敢预言的，我是那么懒惰。有时晚上想好了意思，第二天起得太早，心中一懊悔，什么好意思都忘却了。

"失掉了悲哀"的悲哀

　　那是三年前的春天，我正在上海一个公园里散步，忽然听到有个很熟的声音向我招呼。我看见一位神采飘逸的青年站在我的面前，微笑着叫我的名字问道："你记得青吗？"我真不认得他就是我从前大学预科时候的好友，因为我绝不会想到过了十年青还是这么年青样子，时间对于他会这样地不留痕迹。在这十年里我同他一面也没有会过，起先通过几封信，后来各人有各人的生活，彼此的环境又不能十分互相明了，来往的信里渐渐多谈时局天气，少说别话了，我那几句无谓的牢骚，接连写了几遍，自己觉得太无谓，不好意思再重复，却又找不出别的新鲜话来，因此信一天一天地稀少，以至于完全断绝音问已经有七年了。青的眼睛还是那么不停地动着，他颊上依旧泛着红霞，他脸上毫无风霜的颜色，还脱不了从前那种没有成熟的小孩神气。有一点却是新添的，他那渺茫的微笑是从前所没有的，而且是故意装出放在面上的，我对着这个微笑感到一些不快。

"青，"我说，"真奇怪！我们别离时候，你才十八岁，由十八到二十八，那是人们老得最快的时期，因为那是他由黄金的幻梦觉醒起来，碰到倔强的现实的时期。你却是丝毫没有受环境的影响，还是这样充满着青春的光荣，同十年前的你真是一点差别也找不出。我想这十年里你过的日子一定是很快乐的。对不对？"他对着我还是保持着那渺茫的微笑，过了一会，漠然地问道："你这几年怎么样呢？"我叹口气道，"别说了。许多的志愿，无数的心期全在这几年里消磨尽了。为着要维持生活，延长生命，整天忙着，因此却反失掉了生命的意义，多少想干的事情始终不能实行，有时自己想到这种无聊赖的生活，这样暗送去绝好的时光，心里的确万分难过。这几年里接二连三遇到不幸的事情，我是已经挣扎得累了。我近来的生活真是满布着悲剧的情绪。"青忽然兴奋地插着说，"一个人能够有悲剧的情绪，感到各种的悲哀，他就不能够算做一个可怜人了。"他正要往下说，眼皮稍稍一抬，迟疑样子，就停住不讲，又鼓着嘴唇现出笑容了。

青从前是最直爽痛快不过的人，尤其和我，是什么话都谈的，我们常常谈到天亮，有时稍稍一睡，第二天课也不上，又唧唧哝哝谈起来。谈的是什么，现在也记不清了，那个人能够记得他睡在母亲怀中时节所做的甜梦。所以我当时很不高兴他这吞吞吐吐的神情，我说："青，十年里你到底学会些世故，所以对着我也是柳暗花明地只说半截话。小孩子的确有些长进。"青平常是最性急的人，现在对于我这句激他的话，却毫不在怀地一句不答，仿佛渺茫地一笑之后完事了。过了好久，他慢腾腾地说道："讲些给你听听玩，也不要紧，不讲固然也是可以的。我们分手后，我不是转到南方一个大学去吗？大学毕业后，我同人们一样，做些事情，吃吃饭，我过去的生活是很普通的，用不着细说。实在讲起来，那个人生活不是很普通的呢？人们总是有时狂笑，有时流些清泪，有时得意，有时失望，此外无非工作，娱乐，有家眷的回家看看小孩，独自的空时找朋友谈天。此外今天喜欢这个，明日或者还喜欢他，或者高兴别人，今年有一两人爱我们，明年他们也许仍然爱我们，也许爱了别人，或者他们死了，那就是不能再爱谁，再受谁的爱了。一代一代递演下去，当时自己都觉得是宇宙的中心，后来他忘却了宇宙，宇宙也忘却他了。人们生活脱不了这些东西，在这些东西以外也没有别的什么。这些东西的纷纭错杂就演出喜剧同悲剧，给人们快乐同悲哀。但是不幸得很（或者是侥幸得很），我是个对于喜剧同悲剧全失掉了感觉性的人。这并不是因为我麻木不仁了，不，我懂得人们一切的快乐同悲哀，但是我自己却失掉了快乐，也失掉了悲哀，因为我是个失掉了价值观念的人，人们一定要对于人生有个肯定以后，才能够有悲欢哀乐。不觉得活着有什么好处的人，死对于他当然不是件哀伤的事；若使他对于死也没有什么爱慕，那么死也不是什么赏心的乐事，一个人活在世上总须有些目的，然后生活才会有趣味，或者是甜味，或者是苦味；他的目的是终身的志愿也好，是目前的享福也好，所谓高尚的或者所谓卑下的，总之他无论如何，他非是有些希冀，他的生活是不能够有什么色彩的。人们的目的是靠人们的价值观念而定的。倘若他看不出什么是好，什么是坏，他什么肯定也不能够说了，他当然不能够有任何目的，任何希冀了。"

他说到这里，向我凄然冷笑一声，我忽然觉得他那笑是有些像我想象中恶鬼的狞笑。他又接着说："你记得吗？当我们在大学预科时候，有一天晚上你在一本文学批评书上面碰到一句Spenser的诗——

He could not rest，but did his stout heart eat.你不晓得怎么解释，跑来问我什么叫做to eat one's heart，我当时模糊地答道，就是吃自己的心。现在我可能告诉你什么叫做'吃自己的心'了。把自己心里各种爱好和厌恶的情感，一个一个用理智去怀疑，将无数的价值

131

观念，一条一条打破，这就等于把自己的心一口一口地咬烂嚼化，等到最后对于这个当刽子手的理智也起怀疑，那就是他整个心吃完了的时候，剩下来的只是一个玲珑的空洞。他的心既然吃进去，变做大便同小便，他怎地能够感到人世的喜怒同哀乐呢？这就是 to eat one's heart。把自己心吃进去和心死是不同的。心死了，心还在胸内，不过不动就是了，然而人们还会觉得有重压在身内，所以一切穷凶极恶的人对于生活还是有苦乐的反应。只有那班吃自己心的人是失掉了悲哀的。我听说悲哀是最可爱的东西，只有对于生活有极强烈的胃口的人才会坠涕泣血，滴滴的眼泪都是人生的甘露。若使生活不是可留恋的，值得我们一顾的，我们也用不着这么哀悼生活的失败了。所以在悲哀时候，我们暗暗地是赞美生活；惋惜生活，就是肯定生活的价值。有人说人生是梦，莎士比亚说世界是个舞台，人生像一幕戏。但是梦同戏都是人生中的一部分；他们只在人生中去寻一种东西来象征人生，可见他们对于人生是多么感到趣味，无法跳出圈外，在人生以外，找一个东西来做比喻，所以他们都是肯定人生的人。我却是不知道应该去肯定或者去否定，也不知道世界里有什么'应该'没有。我怀疑一切价值的存在，我又不敢说价值观念绝对是错的。总之我失掉了一切行动的南针，我当然忘记了什么叫做希望，我不会有遂意的事，也不会有失意的事，我早已没有主意了。所以我总是这么年青，我的心已经同我躯壳脱离关系，不至于来捣乱了。我失掉我的心，可是没有地方去找，因为是自己吃进去的。我记得在四年前我才把我的心吃得干净，开始吃的时候很可口，去掉一个价值观念，觉得人轻一点，后来心一部一部蚕食去，胸里常觉空虚的难受，但是胃口又一天一天增强，吃得越快，弄得全吃掉了，最后一口是顶有味的。莎士比亚不是说过：Last taste is the sweetest。现在却没有心吃了。哈！哈！哈！哈！"

他简直放下那渺茫微笑的面具，老实地狰狞笑着。他的脸色青白，他的目光发亮。我脸上现出惊慌的颜色，他看见了立刻镇静下去，低声地说："王尔德在他那《牢狱歌》里说过：'从来没有流泪的人现在流泪了。'我却是从来爱流泪的人现在不流泪了。你还是好好保存你的悲哀，常常洒些愉快的泪，我实在不愿意你也像我这样失掉了悲哀，狼吞虎咽地把自己的心吃得精光。哈！哈！我们今天会到很好，我能够明白地回答你十年前的一个英文疑句。我们吃饭去罢！"

我们同到一个馆子，我似醉如痴地吃丁一顿饭，青是不人说话，只讲几句很无聊的套语。我们走出馆子时候，他给我他旅馆的地址。我整夜没有睡好，第二天清早就去找他，可是旅馆里账房说并没有这么一个人。我以为他或者用的不是真姓名，我偷偷地到各间房间门口看一看，也找不出他的影子，我坐在旅馆门口等了整天，注视来往的客人，也没有见到青。我怅惘地漫步回家，从此以后就没有再遇到青了。他还是那么年青吗？我常有这么一个疑问。我有时想，他或者是不会死的，老是活着，狞笑地活着，渺茫微笑地活着。

文艺杂话

　　"美就是真，真就是美。"这是开茨那首有名《咏一个希腊古瓮》诗最后的一句。凡是谈起开茨，免不了会提到这名句，这句话也真是能够简洁地表现出开茨的精神。但是一位有名的批评家在牛津大学诗学讲堂上却说开茨这首五十行诗，前四十几行玲珑精巧，没有一个字不妙，可惜最后加上那人人都知道的二行名句。

　　"Beauty is truth，truth is beauty，"–that is all ye know on earth，and all ye need toknow。

　　并不是这两句本身不好，不过和前面连接不起，所以虽然是一对好句，却变做全诗之累了。他这话说得真有些道理。只要细心把这首百读不厌的诗吟咏几遍之后，谁也会觉得这诗由开头一直下来，都是充满了簇新的想象，微妙的思想，没有一句陈腐的套语，和惯用的描写，但是读到最后两句时，逃不了感到一种说不出的失望，觉得这么灿烂希奇的描写同幻想，就只能得这么一个结论吗？

念的回数愈多，愈相信这两句的不合适。开茨是个批评观念非常发达的人，用字锻句，丝毫不苟，那几篇Obe更是他呕心血做的，为什么这下会这么大意呢？我只好想出下面这个解释来。开茨确是英国唯美主义的先锋，他对美有无限的尊重，这或者是他崇拜希腊精神的结果。所以这句"美就是真，真就是美"，确是他心爱的主张。为的要发表他的主义，他情愿把一首美玉无瑕的诗，牺牲了——实在他当时只注意到自己这种新意见，也没有心再去关照全诗的结构了。开茨是个咒骂理智的人，在《蛇女》（Lamia）那首长诗里他说：

"That but a moment's thought is passion's passing bell."

然而他这回倒甘心让诗的精神来跪在哲学前面，做个唯理智之命是从的奴隶。由这里也可以看到自己的主张太把持着心灵时候，所做的文学总有委曲求全的色彩。所以我对于古往今来那班带有使命的文学，常抱些无谓的杞忧。

凡是爱念Wardsworth的人一定记得他那五六首关于露茜（Lucy）的诗。那种以极简单明了的话表出一种刻骨镂心的情，说时候又极有艺术裁制（Restraint）的能力，仅仅轻描淡写，已经将死了爱人的悲哀的焦点露出，谁念着也会动心。可是这老头子虽然有这么好描写深情的天才，在他那本页数既多，字印得又小的全集里，我们却找不出十首歌颂爱情的诗。有一回Aubreyde Vere问他为什么他不多做些情诗，他回答，"若使我多做些情诗，我写时候，心中一定会有强度的热情，这是我主张所不许可的。"我们知道Wordsworth主张诗中间所含的情调要经过一回冷静心境的溶解，所以他反对心中只充满些强烈的情绪时所做的情诗。固然因为他照着这种说法写诗，他那好多赞美自然的佳句，意味才会那么隽永，值得细细咀嚼，那种回甘的妙处真是无穷。但是因此我们也失丢了许多一往情深词句挚朴的好情诗。Wordsworth这种学究的态度真是自害不浅，使我们深深地觉到创造绝对自由的需要。

说到这里，我们自然而然联想到托尔斯泰。托翁写实本领非常高明，他描状的人物情境都能有使人不得不相信的妙处。但是他始终想把文学当传布思想的工具，有时硬将上帝板板的主张放在绝妙的写实作品中间，使读者在万分高兴时节，顿然感到失望。所以Saintsbury说他没有一篇完全无瑕的作品。我记得从前读托翁一篇小说，中间述一个豪爽英迈的强盗在森林中杀人越货，后来被一个教士感化了，变成个平平常常的好人了。当这教士头一次碰着这强盗时节：

"咱是个强盗，"强盗拉住了缰说，"我大道上骑马，到处杀人；我杀得人越多，我唱的歌越是高兴。"

谁念了这段，不会神往于驰骋风沙中，飞舞着刀，唱着调儿的绿林好汉，而看出这种人生活里的美处托翁有那种天才，把强盗的心境说得这么动人，可惜他又带进来个教士，将这篇像十七八世纪西班牙英法述流氓小说的好作品，变做十九、二十世纪传单化的文学了。但是不管托翁怎样蹂躏自己的天才，他的小说还是不朽的东西，仍然有能力吸引住成千成万的读者，这也可以见文学的能力到底是埋在心的最深处，绝非主张等等所能毁灭，充其量不过是减些光辉，使读者在无限赞美中，有一种说不出的惆怅罢。

十七年四月十日北大西斋。